為美好的世界獻上祝福！EXTRA

讓笨蛋登上舞台吧！5

與白龍締結盟約

author
昼熊
illustration
憂姫はぐれ
原作 暁なつめ 角色原案 三嶋くろね

Kadokawa Fantastic Novels

Character
琳恩
職業 魔法師
達斯特的隊友。同時也被大家當作老是引發麻煩事件的達斯特的監護人。
達斯特
職業 戰士
在阿克塞爾似乎是個小有名氣的冒險者。有著奇妙的傳聞，但沒人知道真相為何。
芸芸
職業 大法師
雖然是個能力貨真價實的魔法師，不過基本上都是單獨行動。
蘿莉夢魔
職業 店員
為男性冒險者們提供極品美夢的夢魔店店員。個性非常容易隨波逐流。
阿克婭 職業 大祭司
達克妮絲 職業 十字騎士
惠惠 職業 大法師

第一章 探索那個故事的背後

1

從賭博大國埃爾羅得平安歸來後，我正在公會的酒吧裡確認手邊的財產。

雖然不知為何老是被捲入麻煩之中，但多虧雷維王子給的一筆致歉金，我的錢包好久沒有這麼飽滿了。

「這樣可以揮霍好一陣子了。先去找夢魔姊姊，排解我在埃爾羅得受的鳥氣吧。」

這趟旅途只有平胸相伴，我還被關進大牢，長時間的禁慾生活讓我的慾望已瀕臨極限。現在也能還清夢魔店的借款，她們就會給我好臉色看，讓我作個至高無上的美夢了。

除了夢境以外，那間店的整體氣氛也棒得沒話說。光是看到夢魔那身形同內衣褲的火辣裝扮，旅途的疲憊就能一掃而空。

「幹嘛一直竊笑啊，噁心死了。我看你在埃爾羅得也撒了不少錢，結果還剩不少嘛。」

盯著錢袋看的人，正是我的小隊中唯一的女孩子——魔法師琳恩。

雖然還有兩名隊員，但他們今天似乎沒來酒吧。

我舉起錢袋，像是故意在琳恩面前炫耀一般。

之所以能拿到這麼多致歉金是有原因的。

『以博弈致富的埃爾羅得王子殿下對上賭技超爛的冒險者，居然輸得一敗塗地。這事要是傳遍大街小巷，世人觀感肯定不太好吧？哦，別誤會，我並不是要威脅王子殿下。只是怕自己喝了便宜的劣酒後，可能會不小心炫耀一番罷了。最近荷包有點乾扁啊～有沒有哪位親切的王子殿下可以幫忙補充一下呢～』

我和雷維王子這麼說完，他就瑟瑟發抖，爽快地給了我一大筆錢。

「這是靠我精湛的交涉手腕得來的結果。」

「只是單純的恐嚇吧。你居然敢威脅堂堂一國王子，我到現在都不敢相信。」

「妳太擔心了啦。我有事先強調自己是和真的摯友，所以他不敢貿然對我出手。」

那位王子殿下對愛麗絲一往情深，把和真視為眼中釘。

只要先拋出這個前提，矛頭自然會導向和真。這樣一來，我的生命安全姑且能獲得保障。

「要是被和真發現臭罵一頓，我可不管喔。不過拿了這麼一大筆錢，也能暫時安心了。」

「是啊。這樣還能揮霍好一陣子呢。」

「你在說什麼鬼話。這些全都要交給蕾茵小姐。任務失敗的賠償金跟龍車的長期租賃費就要用掉所有資金了。」

琳恩將裝了大筆錢財的錢袋一把搶走。

「……啥啊啊！等一下！這樣不就等於做白工嗎！而且我也沒聽說要支付賠償金跟龍車的租賃費！」

「是你把麻煩的交涉工作全推給泰勒才沒聽說而已。而且情勢會演變至此，全都是你一手造成的吧？請問是哪位先生被關進大牢裡，才害我們無法完成委託和歸還龍車啊？怎麼，有意見嗎？」

不容辯駁的銳利眼光狠狠地朝我刺來。

因為她的話句句屬實，我根本沒辦法找藉口。

「……沒意見！」

琳恩雙手捧著我所有的財產，帶著洋洋得意的表情離開了。

混帳！又要回到平常那種窮鬼生活了！

2

自從讓人氣急敗壞的那一天後，又過了好長一段時間。

阿克塞爾依舊鬧騰不已。我才納悶和真怎麼一直沒從王都回來，結果爆裂女孩的妹妹也跑到阿克塞爾來了。

此外，還爆發了達克妮絲的私生子疑雲。每天都鬧得雞飛狗跳，充滿新鮮感。

「這種日常光景，過去的我根本無法想像。」

我在公會的酒吧裡喝著水，並這麼咕噥。

「幹嘛老態龍鍾地憶當年啊，一點都不適合你。你又沒錢了？剛剛女服務生還在抱怨呢。她說你只點水來喝，所以你還要續杯的話，她就要撒一大把鹽進去。」

「這樣正好，我現在也缺乏鹽分。」

「達斯特，你再不安分一點，最後會被下毒喔。」

我以為只有琳恩，結果泰勒也在啊。

「達斯特吃到毒藥的話，頂多只會吃壞肚子吧。」

奇斯說著失禮的話，在我身邊坐了下來。

我本來在獨自享受優雅的時光，結果夥伴們全員到齊了。

「要是我吃壞肚子，就要跟公會求償大筆慰問金。」

「真不知該說你是下流還是敗類。事到如今說這些也沒用啦，唉～」

不要故意嘆那麼大一口氣好嗎？

「在這個世界上，只要有錢就好辦事。所以快借我錢。」

「吶，你知道『存錢』跟『節儉』這兩個詞嗎？」

琳恩的語氣雖然溫柔，眼神中卻毫無笑意。

「我知道，但我不明白是什麼意思！」

「這、這傢伙居然說得義正詞嚴，還毫無悔意。」

「理直氣壯的態度還真不是蓋的。我可不想變得跟他一樣。」

兩人損了我幾句。泰勒的話還能理解，但奇斯根本沒資格罵我。

那小子平日的所作所為明明跟我半斤八兩，只是運氣比我好而已。

「你們給我聽好，我是因為沒錢，看起來才像敗類。要是我有錢，身心靈就能富足安逸，過著幸福快樂的生活。俗話說『富者不與人爭』，所以快借我錢。」

「才不要。你就不想努力工作賺錢嗎？」

「不想！我想要不努力就能爽賺一筆！要我工作的話，除非能輕鬆賺錢、一夜致富，或是兩者皆是，否則我絕對不工作！」

就在我斬釘截鐵地這麼說時——

『緊急任務！緊急任務！請街上的所有冒險者立刻到冒險者公會集合！』

一道嗓音響徹了公會內外。

這是冒險者公會的櫃檯小姐露娜的廣播嗎？

我看向公會的櫃檯後方，發現露娜緊握著能將聲音響遍大街小巷的魔道具。

「好久沒聽到緊急任務的廣播了。這次是怎麼回事？」

「現在應該不是高麗菜的季節。只要別又跟魔王軍幹部或麻煩事扯上關係就好。」

「可是泰勒，除了高麗菜以外，還有其他事件會被刻意加派為緊急任務嗎？」

奇斯雙手環胸陷入沉思並看向我，但我怎麼可能知道啊。

我聳聳肩。與此同時，廣播仍持續播送。

『再重複一次。請街上的所有冒險者立刻到冒險者公會集合！……………各位冒險者！』

或許是一口氣說完這句話有些疲累吧，只見露娜用力吸了口氣大喊道：

『是寶島啊！』

聽到這句話，公會中包含我們在內的冒險者立刻起身往櫃檯衝去。

「等等，不要推！閃一邊去！」

「誰幹我拐子！喂，別抓我屁股！」

「我先來的！滾開！」

雖然已經有好幾個冒險者爭先恐後地蜂擁而至，但這時候我可不能敗下陣來！

「我們準備了數量充足的背包、十字鎬和安全帽，請各位切莫慌張！」

我推開其他冒險者，拚命地伸出手。

好不容易借到一組公會準備的裝備後，我跟夥伴們一同衝出公會。周遭有幾十個冒險者穿戴著跟我們一樣的裝備，正在全力奔馳。

我們也不能輸！

「太棒啦！居然能碰上那座寶島！」

「我只聽過傳言，沒想到真能碰上……聽說是神獸玄武會來到地面上曝曬巨大甲殼，機率大概是十年一次。真沒想到會出現在阿克塞爾附近。」

「絕對不能錯過這個千載難逢的機會！時限是在日落之前。時間一過，玄武似乎又會潛回地底深處。」

「海撈一筆吧！雖說是神獸，也只是一隻大烏龜吧！我負責拉繩，你就在最適當的時間點放箭攻擊！」

這種時候奇斯就相當可靠了。他具備「千里眼」和「狙擊」技能，應該能最早掌握適合的位置。

如琳恩所言，所謂的寶島就是神獸玄武。形似巨大烏龜，平常都生活在地底下，但每十年會出現在地表一次。牠似乎熱愛珍稀礦石，因此甲殼上黏附著大量稀少礦石。

所以才被稱為寶島。

冒險者們全往寶島奮力衝刺。目標並非玄武本體，而是黏附在牠身上的礦石。

「……哦，雖然已經聽到風聲了，但居然是真的。」

雖然知道是隻巨大烏龜，沒想到竟大得離譜。

寶島在城鎮入口處曝曬著那副驚人巨軀。

只會讓人聯想到小山丘的巨大甲殼表面密密麻麻地黏滿礦石。

牠閉著眼睛、攤開四肢躺臥在地的模樣，看上去十分愜意。對牠來說，我們的存在應該不足掛齒。

超乎想像的魄力讓我不禁停下腳步為之屏息。

豈止是巨大兩字可以形容，這個存在甚至讓我體會到莊嚴威武。我能理解牠被稱為神獸的原因了。

「哎呀，沒時間杵在這裡了。奇斯，拜託你了！」

「好，包在我身上！就鎖定那一帶吧。」

奇斯將繩索捲在化為鉤爪的箭矢上，朝寶島最頂端附近射去。

確認勾牢了以後，我們一鼓作氣往上爬。

「喂，閃開閃開！別擋老子的路！」

立刻確保優質礦石的所在地後，我朝夥伴們招手。

聽見下方傳來熟悉的嗓音，於是我往該處瞥了一眼，發現和真等人還在遠處。巴尼爾老大跟維茲也在。

得趕緊挖礦才行，免得被他們搶先。

「你們這些人給我死命地挖！再也不會有這種大好機會了！給我把周遭的人全部視為敵人！」

「還用得著你說嗎！」

連琳恩都眼神驟變，奮力揮舞十字鎬。

她難得這麼亢奮。大概是因為敲碎礦石塊時，就會有如同寶石般光輝奪目的石子碎散四濺的關係吧。女人對閃閃發光的東西最沒轍了，這是公認的常識……這種時候，男人也不例外！
不過，雖然傳言已時有耳聞，但居然真的能採到這麼大量的礦石。那我就只能拚命地挖，直到時限的最後一刻！
身旁的人也跟我們一樣拚命，因為在場的眾人全都是冒險者。
既然這麼輕易就能海撈一筆，感覺鎮上的居民也會來參一腳。但這是有原因的。
「啊啊，可惡！挖到擬態礦石了！」
我轉頭看向哀號和騷動聲傳來的方向，只見極近處有個冒險者被狀似大章魚的生物包圍。
顧名思義，擬態礦石就是會擬態成礦石發動攻擊的棘手怪物。
因為有這種怪物存在，沒有戰鬥技能的居民才無法出手。
「達斯特，快來幫我！」
認識的冒險者一看到我，就對我拋出求救訊息。
對那種傢伙就該這麼說：
「混帳王八蛋！你沒這麼弱吧！以你的實力，我相信你絕對可以擊垮牠！加油！只要有心就辦得到！萬一你被幹掉了，那一區我會幫你挖完！你就安心成佛吧！」
「你這傢伙，想見死不救啊！你覺得我被幹掉之後，分到的礦石就會變多吧！」
這小子幹嘛把理所當然的事情掛在嘴邊啊？

「這裡可是戰場，沒實力的人就該滾蛋！弱者就趕快夾著尾巴逃走吧。我會把挖到的最高等礦石帶到你墳前讓你瞧瞧，給我感激涕零吧！」

「只要你淘汰，少一個人搶飯吃，我們就能賺更多！根本沒理由幫你脫險！我沒跟著怪物一起揍你，你就該謝天謝地了！」

被我煽風點火後，失去理智的奇斯也跟著一起罵。

當下連一秒也不能浪費。寶山就在眼前，哪有時間搭理其他人。

而且我太了解那小子的實力了。

雖然會陷入苦戰，但他不可能輸給擬態礦石。明明不必借助別人幫忙也能擊敗敵人，幫了也只是浪費時間。

「你們……難道沒有良心嗎？」

「大笨蛋！冒險者隨時都要與危險相伴！這裡的所有人應該都抱著這般覺悟才選擇冒險者一職。出手相助就是在侮辱對方。哦，發現超大魔晶石結晶了！」

光找到這個寶貝，這個月的酒錢就有著落了。現在沒時間搭理其他人！

「受不了……我去幫忙。」

「實在不能坐視不管。我也一起去。」

琳恩和泰勒去幫那個被擬態礦石纏住的傢伙解圍了。

那兩個人還真善良啊。比起別人的閒事，應該先顧好眼前的利益吧。

他們似乎打起來了，但我跟奇斯不當一回事，繼續挖礦。

「唔喔喔喔喔喔……哦哦？達、達、達、達斯特！」

「幹嘛？吵死了。既然有時間講話，就給我動手挖。」

「我不小心……挖到擬態礦石了。」

我揚起視線，發現有隻特大號的擬態礦石出現在我們眼前。牠蠕動著章魚腳般的觸手朝我們逼近。

「琳恩、泰勒，快來幫忙！你們也不要旁觀，出手幫忙啊！」

我也向周遭的冒險者求救，但他們往這裡瞥了一眼，用鼻子冷哼一聲，立刻回去採礦了。

「冒險者應該要有互助的精神吧！一群沒良心的！」

奇斯也放聲大吼，但沒人理他。

琳恩跟泰勒救了那個人之後，就跟他一同採集礦石，看也不看我們一眼。

剛才向我求助的傢伙還對我比中指，吐舌作勢挑釁！

「就算我們發大財，也不會請你們一毛啦！可惡，奇斯，快點收拾……喂，奇斯？喂～！你在幹嘛！」

我才把視線移開一會兒，他就逃到安全的地方去了！

「達斯特，我相信你辦得到……這樣就少一個敵人了。放心，我會替你收屍！」

「臭小子，給我記住啊啊啊啊啊！」

我右手持劍，左手持十字鎬，朝擬態礦石飛撲過去。

之後我好不容易擊退怪物，落後的進度也補回來了。

雖然對夥伴與周遭那些人有無止盡的怨言，但超乎想像的收入和極度的疲勞讓我根本沒力氣抱怨。

最後，我連投宿的力氣也沒有，一抵達馬廄就睡得不省人事。

3

「——因。喂，你也該起床了吧！」

「咦？幹嘛幹嘛！」

耳邊傳來的巨響讓我睜開雙眼。結果有張熟悉的臉龐湊到我眼前。

「奇怪，你什麼時候變成這種口吻了？跟平常那種死板的樣子相比，現在這樣好多了。」

「妳在……您在說什麼呢？我可能是睡迷糊了，實在很不好意思。」

我的口吻怎麼——豈會如此粗俗呢？

「居然睡在龍廄裡，真像你會做的事。」

那位大人露出一口亮白的皓齒，開心地笑起來。

「吶，你聽說那件事了嗎？」

「哪件事？」

我發現她的笑容蒙上一層陰影，但我佯裝不知，用疑問句回答她的問題。其實我早就知道她想說什麼了。

或許也知道，她希望我給出什麼答案。

「哦～不知道就算了。吶，你什麼時候才會讓我騎龍啊？」

「永遠不行。我不是常叮囑您這樣很危險嗎？」

「什麼嘛，小氣鬼。」

她雖然鼓著臉頰鬧脾氣，但並非真心之舉。

當她真的鬧起彆扭，或瘋狂耍賴的時候……我實在不願回想。

「——殿下，請您注意措辭。」

「不要連你都跟爺爺一樣說那種話啦。有什麼關係，在公開場合我會好好留意。我也懂得分辨時間地點跟場合啊。」

「那就好。」

我跟平常一樣，總是被她耍得團團轉。

即使如此，她仍是一國的——

「你要睡到什麼時候？」

「昨晚被您拉著到處跑，所以沒睡……什麼嘛，是琳恩喔。」

可能是很久沒夢見那位大人的關係，我把她跟琳恩搞混了。

盯著我看的那張臉從錯愕轉變為驚愕。

「你幹嘛用那種噁心的口氣說話……」

「怎麼樣，我在模仿騎士大人啊。最近聽說高收入又穩定的騎士很受歡迎，所以我才稍微練習一下，準備來場結婚詐欺。咦？難道妳怦然心動了嗎？」

「怎麼可能啊。別再耍笨了，快點起床。」

總算是瞞混過去了。

剛剛實在太驚險了。看來我真的很累，居然會直接看錯人。

以前我常作這個夢，但最近幾乎沒有。是因為釋懷了嗎？還是現在的生活太歡樂，所以連過去的事都想不起來？

「對了，芸芸在找你。」

「真難得，她居然會主動開口找人。是不是比較不怕生了？」

「誰知道呢。她舉止詭異地在我們身邊走來走去，一直偷瞄我們，所以我去找她搭話，她才說要找你。」

就只是個可疑人物嘛。她也差不多可以跟我的夥伴們正常說話了吧。

多虧剛剛睡醒時的失態，此刻我已經完全清醒了。但芸芸找我有什麼事？

一踏進公會，就看見芸芸坐在窗邊的位置。她的視線游移不定，看起來十分焦躁。

泰勒跟奇斯在稍遠的座位上盯著我們瞧。這代表芸芸想跟我單獨談談嗎？

「剩下的就交給你嘍。」

琳恩走向泰勒他們的座位，而我在芸芸面前坐了下來。

「一大早找我幹嘛？要借錢嗎？」

「我才沒墮落到那種地步！呃，那個，有點事想請你幫忙。」

她兩手的食指互碰，抬起視線，似乎想說些什麼。

哈哈～我猜到她想說的話了。

「怎麼，妳要告白啊？抱歉，妳年紀太小，我那邊站不起來。妳大概三年後再跟我告白一次吧。」

「才、才不是告白！我也有選擇的權利好嗎！到處都在謠傳我『最近被不務正業的小混混所騙』，人們都不太接近我了。你要怎麼賠償我啊！」

「干我屁事啊！對了，妳不是有話要說嗎？沒事的話我要回去嘍。我還有工作要做，得一大早就喝得爛醉才行。」

「別把那種行為說成工作！真是的，請你好好聽我說話啦。」

平常她應該會說出更毒辣的怨言，但她的樣子不太對勁。

雖然行為舉止一樣可疑，但那是還有我以外的人在場時才會如此。兩人獨處時應該會更自在。我就姑且聽之吧。

「我真的唯獨不想拜託達斯特先生，但我找不到其他可靠的人，只能心不甘情不願地來拜託你。」

「這麼嫌棄的話就去找別人啊……喔，妳身邊沒有其他人了吧！迷惘的邊緣紅魔族啊，我就大發慈悲聽妳一言，跟本大爺說說妳的苦惱吧！」

「不要學巴尼爾先生！你就是這一點惹人嫌！」

我好像調侃得太過火了，她火冒三丈地「砰砰」用力拍桌。

看樣子她的委託應該不容小覷。

「抱歉抱歉。好，別再離題了，快點說吧。」

「也不想想是誰害的……那個，嗯，呃，達斯特先生……可是帶達斯特先生過去，爸爸會不會誤會啊……」

先主動喊人卻欲言又止，還自言自語起來。

剛好有個女服務生經過，於是我喊住她。

「小姐，不好意思，拿點酒跟能填飽肚子的東西過來。妳說錢？這傢伙會買單。對吧，芸芸？」

「呃，對？」

她似乎沒在聽人說話，只是隨便回了一聲。

「看吧。快給我拿過來。」

這樣就能用別人的錢飽餐一頓了。現在這點飯錢我還付得起，但是能免費蹭到一頓飯當然最好。

酒菜送上桌後，我開始吃了起來。這時一直低著頭的芸芸猛然抬頭。

「我、我也下定決心了！達斯特先生，請跟我去一趟紅魔之里！」

「噗哈！咳咳，酒嗆到氣管裡了。」

「呀啊啊啊！酒！好髒啊啊！」

聽到這出乎意料的發言，我忍不住將酒噴出來。

「喂喂，我們又沒有在交往，妳就要回去報告結婚的消息，未免太急躁了吧？」

「才、才、才不是呢！我也有選擇的權利好嗎！不是這樣啦，這是我個人的委託。我希望你跟我回紅魔之里，一起接受族長的試煉。紅魔族要選出族長時，必須兩人一組接受試煉，你能不能跟我同行呢？我是魔法師，需要有人保護我。」

一口氣飛快地說完後，芸芸的臉頰泛起些許紅暈，並用膽怯的神情看著我。

原來是這樣。

若要和紅魔族兩人一組參加族長試煉，另一人就得是劍士或戰士這種前衛型職業才合理。

在芸芸認識的人當中，應該只有我足以勝任前衛一職。

因為我是個可靠的男人，所以才選擇我啊。雖然很想表揚她這一點……

「啊啊？我靠寶島賺了不少，現在沒必要工作呢。如果幫我介紹紅魔族的巨乳大姊姊，我也不是不能接受啦。」

很遺憾，如今我不愁吃穿，所以無心工作。

「你就不能稍微猶豫一下嗎！為什麼要說得那麼過分啊！」

「很過分嗎？喂喂，工作本來就是為了賺錢。現在我手頭寬裕，何需工作呢？」

「你不覺得朋、朋友……認識的女孩子遇到困難，就該出手幫忙嗎？」

「不覺得耶！想讓我工作的話，就帶個多金漂亮、身材火辣、讓人神魂顛倒的性感大姊姊過來！」

「要求還增加了！算了，我去找其他人幫忙！」

芸芸撂下狠話後，隨即離開現場。

「那傢伙是怎樣啊，進入叛逆期了嗎？」

「應該有更委婉的說法吧。芸芸實在太可憐了，讓人不忍卒睹。」

原本在一旁的座位上偷聽的琳恩在我對面坐下。

什麼說法不說法的，我只是老實給出答覆而已。

「她也挑錯時間了。要是在寶島出現之前拜託我就好了，現在我的錢多到滿出來，根本沒必要工作。」

「……只能說她選錯人了吧。她好像想找前衛，那我也幫不上忙。」

紅魔族可說是魔法師的頂尖專家。雖然言行舉止跟命名品味很有問題，但高強的實力人盡皆知。

在紅魔族之中，芸芸似乎也算是出類拔萃。實力卓越的她居然會尋求協助，可見那個試煉相當棘手。

「如果真的沒人幫忙，我也是可以考慮啦。」

「你都那樣拒絕她了，我看她應該不會再來求你吧。可是，芸芸身邊還有其他人可以幫忙嗎……」

聽琳恩這麼一說，我忽然想起一件事。

在阿克塞爾的居民中，能讓芸芸相對自在談話的人……撇除同鄉的爆裂女孩，應該只有巴尼爾老大跟我吧？

另外，她跟和真的感情也不錯。如果此事跟紅魔之里有關，和真跟爆裂女孩也是夥伴，跟他談談應該能解決。

雖然我這位摯友人稱「人渣真」，但他其實挺善良的。

除了邊緣體質跟有點認生以外，芸芸還算正常。對成天被那群奇葩包圍的摯友來說，應該是個不可多得的對象。而且依照和真的性格，既然受人委託，他就難以拒絕。

船到橋頭自然直吧。

「但我沒想到你會拒絕。」

「是嗎？雖然芸芸還算正常，但在紅魔之里，像腦殘爆裂女孩那種個性的人應該滿街都是。簡直是超級大魔窟。」

紅魔族不僅普遍想炫耀，似乎還是戰鬥狂。所有人都是大法師，上級魔法也是信手捻來。

這種傢伙遍布的巢穴，我可不想自投羅網。

「因為紅魔族的命名品味，嗯，雖然不怎麼樣，但聽說美女如雲呢。」

「……等一下，妳說什麼？」

「我說，雖然惠惠跟芸芸也很美，但紅魔族的女性幾乎都是美女。再加上他們鮮少與外人交流，和真還說過『有很多女孩子在尋求邂逅的機會』。你不記得了嗎？」

感覺和真在喝酒的時候說過這種話。

我當時醉得一塌糊塗，隨便聽聽就帶過了……但他確實是這麼說的。

「喂，芸芸小姐到哪兒去了！得跟她說我很樂意同行！」

「她早就離開公會了。真可惜啊～」

這、這傢伙在樂個什麼勁啊？居然笑得這麼開心。

可惡，太可惜了。美女如雲的紅魔族啊。既然如此，就算她們腦子有點問題、好戰、命名品味古怪、說話也不經大腦，或許還能稍微忍一忍。

我因錯失獵物而後悔不已，同時望向窗外，就聽到一陣爆炸聲響，視線前方還揚起莫大的灰煙。

那個問題兒童又使出天天上演的爆裂魔法了啊。

跟那種人同族……嗯、嗯～還是放棄紅魔之里吧。

因為手頭充裕，因此我不是在公會的酒吧，而是在位於鬧區一角那間常去的居酒屋喝酒。

當我正一如往常地喝酒時，有個特殊的男子走進店內。

那個男人穿著有兜帽的漆黑長袍。如果只是這樣的話，就算忽略他的存在也無所謂，但他是個中性的大帥哥，臉蛋和女人有幾分神似。

這身打扮怎麼看都不像是正當職業的人。或許也是個冒險者吧。

我在阿克塞爾沒見過這張臉，是新來的嗎？

在阿克塞爾的冒險者中，我算是相當知名，教育新人似乎是我的工作。就像平常一樣上前刁難幾句，順便索討學費……那不是和真嗎？他在幹嘛？

和真遠遠地觀望著那個黑袍帥哥。

難道他們認識？那還是不要教育他好了。

「喂，和真，怎麼啦？從剛剛就一直盯著那小子看。難道你有那方面的興趣？還是說，他是你的摯友？熟人？」

「怎麼可能啊！也不算是熟人啦……」

都不是啊。那我做什麼都無所謂嘍。

我走向正在獨飲的兜帽男，他看了我一眼。

就近一瞧後，這張臉越看越像是女人會喜歡的長相。就算他不主動搭訕，女人也會不請自來吧。

……一思及此，就覺得超級火大。

「嗨，你好像不太面熟啊，型男老兄。我叫達斯特。在這個鎮上還算挺吃得開的。」

「……你這男的突然說這種話是什麼意思？你找我有事嗎？」

這小子連嗓音都帥到不行，而且毫無懼色。再進一步恐嚇他看看。

「我都報上名字了，你也該說出自己的名字吧。懂不懂禮儀啊？啊？」

「…………我的名字是迪克。我再問一次，你找我有事嗎？」

他一臉滿不在乎的樣子。其實他馬上就要哭出來了，卻還在虛張聲勢吧。

自以為是的傢伙常出現這種反應。只差臨門一腳了。

「你看起來不太面熟，是新來的冒險者嗎？剛才也說過，我在這個城鎮還算挺吃得開的，現在請我喝一杯之後對你會有幫助喔。」

「喔，你想敲我一頓是吧？……原來如此，這趟來到人世值得了。畢竟如此有趣的經驗可不是經常碰得上。」

哦哦，居然說得這麼囂張。

他狂妄地站起身子，但我怎麼可能怕……這、這小子是怎樣！

從對方身上猛烈襲來的壓力讓我渾身寒毛倒豎。

這傢伙還隱藏實力啊！壓迫感也太強了吧？普通魔物根本無法比擬，他的力量可說是怪物等級！

怎、怎麼辦？我可不能當場嚇得落荒而逃。雖然被這傢伙瞧扁也很不是滋味，但居酒屋裡還有客人在看。

「呵，你及格了。沒錯，冒險者就是應該這樣。幹我們這一行的，要是被人瞧不起就完了。我看到新人就會像這樣搭話，試探他們的反應。如果是乖乖付錢的膽小鬼，我就會說他不適合當冒險者，勸他回老家。但如果是像你這種有骨氣的傢伙，我就會請他喝一杯。」

「……這樣啊。你的行為相當有趣呢。」

說完，迪克再次坐下。

安全過關！很好～順利解決了！

剛剛的表現連我都覺得無懈可擊。這種演技連舞台劇演員都自嘆不如。踏上演員這條路似乎也不賴呢。

我神情泰然地跟店員點了一杯酒給他，拋下一句「再見」就若無其事地離開了。

我持續保持悠然從容的態度，走向一直在偷偷觀察的和真身邊……

「喂，和真，那個傢伙是怎樣！對方那麼危險的話你一開始就該告訴我吧！害我還得請他喝一杯！」

看到我湊上前來，和真雖然有些錯愕，但他似乎對迪克的實力頗感興趣。當我告訴他那小子的實力媲美魔王軍幹部時，他陷入了沉思。

我這麼親切地告訴他，但不知道他是在打什麼主意。只見他主動上前搭理迪克，最後兩人的感情還變得不錯。

……結果和真到底想做什麼啊？

4

幾天後我又光臨那間居酒屋，而迪克也在。

雖然已經確定跟他扯上關係準沒好事，但和真對他非常好奇，這一點讓我耿耿於懷。

我隔著一段距離觀察時，有個穿著晚禮服的女人出現了。那件衣服跟這間地處郊區的居酒屋格格不入，而且她還上了全妝……那是達克妮絲吧？她幹嘛打扮得花枝招展？

她坐在迪克身邊，似乎在聊些什麼。但與其胡思亂想，不如直接出擊比較快。

「哎呀，這不是達克妮絲嗎！喂，妳穿晚禮服來這種地方幹什麼啊？這裡可不是貴族應該紆尊降貴來的地方喔。達斯堤尼斯家的大小姐啊，難得都在這種地方遇見了，妳就請我喝一杯吧！」

達克妮絲瞥了我一眼，露出打從心底感到厭煩的表情。

「……死相，你是不是把我誤認成別人了啊？我……」

「妳在說什麼啊拉拉蒂娜，是我啊，我是達斯特啊！我們明明就一起組隊出去冒險過，也做過很多其他的事情耶！妳可別說不記得我喔！」

這傢伙幹嘛跟我裝不熟啊？

喂喂，為什麼忽然握住我的手？因為和真沒把她當一回事，就對男人飢渴……她居然給了我錢。

雖然不太清楚是怎麼回事，但現在沒時間管她了。沒辦法，今天就識相地撤退吧。

用這筆錢去夢魔店消費也是個不錯的主意，但我發現和真跟宴會祭司阿克婭大姊竟在店內一角觀看達克妮絲的異樣舉止，於是我也決定再觀察一會兒。

看樣子她好像要主動搭訕。幹嘛要做這種事？感覺像在勉強自己。

最後對方根本毫不理睬，達克妮絲只能嘗到蒙羞的滋味。

和真他們樂呵呵地在一旁看熱鬧，是在玩什麼遊戲嗎？大概就像「去搭訕那個死板無趣的小帥哥，誰先攻陷就算獲勝」之類的。

嗯～雖然個性不怎麼樣，但只論外表，達克妮絲也算是上上之選。既然連達克妮絲都誘惑失敗，應該思考迪克的癖好是不是正好相反才對。

這麼一來，足以攻陷那小子的人選，我心裡就有個底了。我要讓他也嘗嘗同樣的滋味，洗刷先前因他蒙受的恥辱。

「事情就是這樣，幫幫我吧。」

「我不要。為什麼非得去勾引陌生人啊？」

蘿莉夢魔大白天就自願到夢魔店報到，目前正在打掃。我開口請求後，她就表現出這種態度。

「哎。我還以為憑妳的魅力，就算是帥哥也會立刻淪陷。不輕易挑戰毫無勝算的計畫，也是挺機靈的做法。抱歉。」

「別以為說這種話刺激我的自尊心，我就會對你言聽計從。」

哦，這傢伙學到教訓了。

平常在這種狀況下，她應該會馬上屈服，沒想到居然學會耍小聰明了。

……這麼說來，我怎麼會對那種人如此執著？

仔細想想，這件事並沒有讓我氣到要認真動手的地步。當時雖然也有點酒意，但酒醒後就無須在乎了。

「算了。我是有點在意那個帥哥到底在打什麼主意。這麼說來，和真好像說那傢伙想把維茲娶回家。」

「請你說清楚一點！」

幹、幹嘛突然衝到我面前啊？

別用閃閃發亮的眼神看我。剛剛那種毫無幹勁的態度上哪兒去了？

「只是遠遠聽到和真他們的對話啦。他好像想娶維茲，讓她辭掉魔道具店的工作。」

「要娶她嗎！如果她結婚後辭掉魔道具店的工作，巴尼爾大人就要一個人打理店面了。這樣一來自然會人手不足，進而想要僱用員工。屆時巴尼爾大人將會以看板娘的身分僱用我，我倆就在朝夕相處的過程中萌生愛苗……一定是這樣沒錯！本來就該是這樣！」

「喂喂，妳這樣自言自語，感覺很噁心耶。」

她低著頭不知在碎唸什麼，接著又猛地抬起頭來。

蘿莉夢魔為什麼露出不懷好意的笑容？

「我決定幫忙勾引他！」

「啊，呃，已經無所謂了……」

「不，我要幫忙！請務必讓我盡一份心力！」

蘿莉夢魔面目猙獰地湊到我眼前。屈服於這股魄力的我只能點頭答應。

我在那間居酒屋前呆站了一會兒。

確認店內的情況後，我發現迪克坐在老位置上喝酒。今天似乎也是獨自小酌。

「蘿莉夢魔怎麼還沒來啊？真是的，乾脆回家算了。」

「請別這麼做。」

在我等得不耐煩時，她出聲喊住我。

看到小跑步過來的蘿莉夢魔的服裝，我皺起眉。

「喂，那身端莊的衣服是怎麼回事？女人主動出擊耶。不管怎麼想，都該穿上讓人血脈賁張的性感服裝吧。」

她穿著平常那套樸素村姑的衣服現身。

應該再露一點，像夢魔店那種打扮，才容易攻陷男人吧。

「唉，你很外行耶。根據我的調查，男人要搭訕的時候，比起打扮花俏的對象，外表穩重的對象更容易搭話。」

「啊——原來如此。盛裝打扮的大姊姊確實給人一種習慣被搭訕的感覺。我得乘著酒意才敢出手。」

她看起來年紀輕輕的，在夢魔技巧上也是有所成長啊。明明胸部跟屁股毫無長大的跡象。

「你是不是在想一些失禮的事情？目標就是那個兜帽男吧？原來如此，挺帥的嘛。那種人知道自己帥，對任何人都不屑一顧。如果針對這一點誇獎他，加以刺激，就容易帶起話題。這可是待客的基本喔！」

她指著迪克，當場擬定對策。

看她毫無懼色、自信滿滿的模樣，難道有十足的把握嗎？她的表現或許值得期待。

「好，就用妳的實力，去勾引那個討人厭的帥哥吧。」

「咦，你在說什麼？雖然我是惡魔，但今天我要當個天使！我的計畫是撮合他們，再接下巴尼爾大人身邊的寶座！」

「等、等一下！跟之前說的不一樣……」

蘿莉夢魔把我的話當耳邊風，直接衝進店內。

她沒有得到對方的許可，就順勢在他身邊坐下。只要扯上巴尼爾老大，這傢伙就會變得很積極。

因為有點擔心，於是我坐在附近的座位偷偷觀察。

「這位帥氣的大哥哥，可以跟我聊聊嗎？」

哦，她想利用自己的蘿莉特質，用妹妹角色採取攻勢。

上揚的視線，以及嬌美的嗓音。演技水準也提升了。

變得很有一套嘛。過去我總會和她熱切地討論與探究色色的事情，如今逐漸嶄露成果了。

如果是蘿莉控的話，在這種情境下就能一擊必殺。但對方的反應卻是……

「妳想幹嘛？用那種模樣誘惑男人……這個味道跟氣息，難道妳是下級惡魔嗎？」

「您、您、您究竟在說些什麼呢！」

反應太過激烈，徹底搞砸了。

但他到底是何方神聖？居然馬上就看穿蘿莉夢魔的真面目。一個不小心可能會引發騷動，還是馬上開溜好了。

我稍稍從椅子上抬起身子，繼續偷聽。

「妳這下級惡魔在做什麼啊？難道是奉巴尼爾大人的命令來防止我對維茲出手？」

迪克站起身，渾身上下滿溢著驚人的氣勢。蘿莉夢魔被這股魄力嚇得驚慌失措。

「不、不是的！那個，不是這樣的。我想幫你跟維茲小姐順利進展，是來替你加油的！」

「那個男的也一樣，怎麼大家都站在我這邊啊。這個城鎮還真有趣。」

看樣子似乎避開了險惡的氣氛。

迪克癱坐在椅子上，大大地嘆了口氣。

「但我討厭惡魔跟不死怪物。既然妳跟巴尼爾大人認識，今天我就先放過妳。快從我眼前消失。」

「是、是的。」

蘿莉夢魔踏著無精打采的步伐離開，我追在她後頭離開居酒屋。

「達斯特先生，那個人是怎麼回事啊！如果那傢伙這麼可怕，你一開始就說清楚嘛！要是有個萬一，我會被殺掉耶！」

她淚眼汪汪地衝向我，猛捶我的胸膛並百般埋怨。

這傢伙的台詞跟我對和真說的話幾乎一樣。

「那小子不是妳的同伴嗎？我也有感受到他的可怕之處就是了。」

「誰知道呢？他認識巴尼爾大人，我猜他應該是上級惡魔，但他又討厭惡魔跟不死怪物。」

「只是個危險分子吧？還是說，既然他認識老大，代表他是老大身邊的人？無論如何，感覺還是別再跟他扯上關係為妙。」

雖然很在意他跟維茲的進展，但不用想也知道，整件事會變得非常棘手。

之後再跟和真或巴尼爾老大問問結果就行了。

5

幾天後，當我把這件事忘得一乾二淨，前往魔道具店時……發現老大心情愉悅，而維茲正在嚎啕大哭。

老大沒理會趴在桌上大哭大叫的維茲，兀自整理貨架。

「嗚哇啊啊啊啊！我不要，沒辦法啦啊啊啊啊。這樣太過分了啦～～～！」

就算不問事情經過，也能大致猜到是怎麼回事，但為了釐清現狀，還是開口問幾句吧。

「老大。她哭得很慘耶，怎麼回事？難道原因出在那個叫迪克的帥哥身上嗎？」

聽到我說出這個名字，維茲猛地往上抖了一下，哭得更大聲了。

「嗯。那個剩女誤以為自己的桃花來了，結果衝得太猛自爆了而已。每天都會釋放出負面情感這一點是不錯，但她的哭聲實在很惱人。」

「換句話說，她以為會被求婚，結果搞錯了？」

「何止如此。對方其實是要來打倒這個無能的未婚老闆。真沒想到會是如此滑稽又悲慘的下場。真想讓汝也看看那個場面呢，呵哈哈哈哈哈哈！」

老大回想起當時的場景，豪邁地狂笑不止。此時，有道人影自他身後緩緩而立。

維茲面露從她平常那張溫柔的笑靨完全無法想像，宛如惡鬼的表情。

「糟、糟糕……老、老大，後面，後面！好、好冷啊啊啊啊！等等，好冰、好冰喔！」

維茲身上忽然迸出了極為冷冽的寒氣。

我吐出的氣息頓時化為雪白，極度低溫使我渾身發顫。牙關瘋狂地打架，發出吵到不行的聲音。

過去維茲是個優秀的冒險者，以「冰之魔女」之名令人聞風喪膽。要是她跟實力高強卻深藏不露的巴尼爾老大真的打起來，這一帶應該會被夷為平地吧。

「怎麼啦？這個季節還不需要開冷氣吧。還是汝想把過度興奮而灼熱的軀體稍加冷卻？別把店裡搞得太冷，要是把吾買來作為結婚賀禮的高級酒品凍壞……哎呀，那些酒已經沒用了呢！真是不好意思啊！」

「就算是巴尼爾先生，也該分清楚哪些玩笑開不得……」

看到老大故意掩住嘴角的笑意，不停煽風點火，周遭的寒氣變得更加猛烈，我的身體都結霜了。

真的大事不妙。繼續待在這裡，我就會被捲進戰局，最後只有死路一條！

我想盡辦法驅動瑟瑟發抖的身體，連滾帶爬地衝出店外。
雖然聽見身後傳來陣陣哭泣聲和大笑聲，但我一邊暖著身子，死命地逃到安全的地方。
自那天起，除了櫃檯小姐露娜之外，在維茲面前也禁止提及婚姻話題了。

6

「——吶，如果我說我要結婚了，你會怎麼做？」
正當我一如往常地為愛龍刷洗身體時，她忽然對我拋出這個話題。
「公主殿下。我叮囑過好幾次了，您不可以接近龍廄。」
「有什麼關係。公主根本沒事可做嘛。」
的確很像自由奔放的公主會說的話。
除了官方的例行公事以外，這位大人的行動總是隨心所欲。
逃出王城引發騷動的次數根本數也數不清了。若要將「男人婆」一詞具象化，肯定就是眼前這位公主的樣貌。
「吶，你是不是在想些失禮的事？」

「……小的不敢。」

「這陣子你是怎麼了？……也罷，回到剛剛的話題吧。如果我要結婚了，你會怎麼做？」

「應該會被派去支援結婚典禮當天的維安工作吧。」

我是龍騎士，理應要負責警備上空。

她毫不隱藏她的不悅，瞇起眼睛狠狠瞪著我，似乎對我的答覆不甚滿意。

「你明知道我不是在問這種事卻故意這麼說吧！這時候不是該給出機靈一點的答案嗎？比如『失去心愛的公主殿下，我覺得好寂寞，生不如死！』之類的。」

「失去心愛的公主殿下，我覺得好寂寞，生不如死。」

「幹嘛毫無感情地照唸啊！」

我連忙安撫氣得猛跺地板的暴躁公主。

雖然我一臉傷腦筋的樣子，但嘴角肯定掛著一抹笑意。

連同事都說我是個一絲不苟又死板的人。這位公主則是自由不羈到前所未聞的地步。

或許因為我和她的個性南轅北轍，她常常像這樣過來找我，問一些強人所難的問題。

有時候也會單純閒聊幾句就回去。

至於剛剛那個問題，我的真心話是……身為一名臣子，實在不能訴諸於口。畢竟我只是個貧窮貴族的後裔——

……又作夢了。拜託饒了我吧。

從馬廄窗外看出去的天空閃耀著星辰。已經入夜了。

好不容易逃出魔道具店後，一到馬廄，我就撲進稻草堆中溫暖冷到骨子裡的身體。到這裡為止我還記得，沒想到居然就這樣睡著了。

看到過去那個一絲不苟的自己，雖讓我煎熬萬分，但早已忘得一乾二淨的舊時回憶卻逐漸在腦海中甦醒。

「我已經受夠這種沉悶的正劇了。」

這種日子真想跟夥伴們狂歡一場，但總覺得和琳恩見面有些尷尬。

「一個人去喝酒好了。」

我去了一家不會碰上任何人的小酒吧，無止盡地喝了一杯又一杯。

彷彿要讓自己爛醉到不用再陷入夢鄉一般。

7

這陣子阿克塞爾沒什麼騷動，日子過得十分安穩。

其中一個原因是寶島出現以後，絕大多數的冒險者都不必為錢所苦，變得老老實實。但最主要的原因，還是和真一行人離開了這座城鎮。

少了震耳欲聾的爆裂魔法巨響後，每天都十分清靜。

阿爾達普失蹤後，達斯堤尼斯家就接掌了這座城鎮的領主之位。貴為家族千金卻問題百出的拉拉蒂娜大小姐，如今也不在城裡。

阿克婭大姊一到夜晚就會靠宴會才藝炒熱氣氛。少了她雖然有點無聊，但靜靜品酒的同時搭訕女孩子也挺好的。

唯一的問題就是，我手邊的錢快要花光了。

「之前明明在寶島海撈了一筆，那些錢都跑到哪裡去了？我只是稍微揮霍了一下，喝了點酒，在賭桌上連連輸錢而已啊……」

正當我不停碎碎唸抱怨時，不比平時熱鬧的公會中，出現了一名素未謀面的女人。

她那頭及肩的黑髮剪得整齊，眼角還有一顆淚痣，看上去是個令人印象深刻的美女。身材也不錯。雖然不如達克妮絲和露娜，但那凹凸有致的曲線極富魅力，真想叫琳恩跟她好好看齊。

問題出在她的裝扮。一襲宛如神官服的白色長袍，腰間還配著一把錘矛。包括那張和藹的笑靨在內，看起來就是一名理想的祭司。

身材和臉蛋都達到及格的標準，那雙性感的眼神也是我的菜。

平時的我早就上前搭訕了，可是我對祭司……完全沒有一絲美好的印象！

我碰過的祭司全都是怪裡怪氣的傢伙。那個女人乍看之下很正常，但肯定也有什麼不可告人的祕密。我絕對不會再上當了！

這個女祭司似乎在找人。我一邊保持警戒一邊遠望，這時公會外頭傳來一陣騷動聲。

「「「這就難說了。」」」

「和真是站在哪一邊的啊！」

那群鬧哄哄的傢伙一定是和真他們。

可謂阿克塞爾奇景的四人組，由和真打頭陣走進了公會。

從今以後似乎又要鬧得天翻地覆了。

我側耳偷聽走向櫃檯的和真在說些什麼，他們好像又打倒了厲害的傢伙，拿到賞金了。這下得叫他請客才行。

身穿白色神官服的女祭司立刻走近像往常一般樂不可支的和真一行人。

「不好意思……請問，您就是佐藤和真先生嗎……？」

她在找的人是和真啊？

「久仰大名……您的事蹟我時有耳聞。我名叫賽蕾娜……恕我冒昧，不過能不能讓我加入您的小隊呢？」

聽到這出乎意料的發展，包含我在內，公會裡的所有人都陷入沉默。

那個祭司在說什麼鬼話啊？

和真等人確實十分活躍，但那個小隊堪稱是特異天團，這個鎮上根本沒有願意加入那種小隊的怪咖。

除了我們之外，連和真一行人都大感驚訝，難以置信地提高戒備，懷疑她是不是魔王軍的成員。

尤其阿克婭大姊更是火冒三丈，一頭藍髮都散亂不堪了。她是在警戒自己會失去立足之地嗎？

結果和真婉拒後，名叫賽蕾娜的女祭司就離開了。

那個女人實在可疑至極。

雖然看起來像是從外地來的，只是單純搞錯和真一行人的實力，但我的第六感對我發出了警告。還是再多觀察一陣子比較好。

8

隔天我和琳恩來公會吃飯時，賽蕾娜又來了。

「那個看起來像祭司的人，之前沒見過耶。」

「昨天她還拜託和真，說想成為他們的夥伴呢。」

「……咦，你在說笑吧？」

嗯，一般人都會做出這種反應吧。

「和真算是相當優秀的隊長。話雖如此，剩下的三個人就……對吧？那個人真是勇氣可嘉，居然想加入那種小隊。」

正因為在埃爾羅得監視過他們，才更能理解那群人的異常之處。

大家本來就覺得那個集團全是一群問題人物，我們又比其他人更有機會與他們接觸，所以可以掌握更正確的資訊。

如果賽蕾娜只是單純不諳世事，那倒無所謂。但她似乎想到了什麼，只見她將冒險者召集到公會一角，開始籌劃某種行動。

「那麼，準備出討伐任務的人請到這邊來排隊。我願意免費為大家施展功效能長時間維持的支援魔法……」

聞言，其他冒險者紛紛列隊排排站。

小隊中很難得會有祭司一職。老實說，對我們這種小隊裡沒有祭司的冒險者來說，支援魔法是相當可貴的技術。

「哦～感覺是個很厲害的祭司呢。接到委託之後，我也好想請她幫忙喔。她是哪個宗派的？」

「……可以確定不是阿克西斯教。」

雖然阿克西斯教徒不會殘忍到不願意無償提供這種協助，但他們使用魔法後，一定會用「給我道謝」、「入教吧」、「捐獻吧」這種理由不停邀功。

目前那名祭司完全沒有表現出這種行為，所以可以斷定她並非阿克西斯教徒。

賽蕾娜可說是眾人心中理想的祭司典範……所以才可疑。

我懶洋洋地將身體癱在桌上，用狐疑的視線盯著她看。就在此時，和真一行人踏進公會。

阿克婭立刻上前刁難那個神祕女祭司，但因為理論上說不過人家就灰心喪志了。

「……真令人不爽。」

我這麼說，彷彿要讓附近的和真一行人都聽見似的。

「真令人不爽……那種充滿神職人員風範的神職人員，我從來沒見過……其他人居然只因為支援魔法就輕易卸下心防了，不過我可不會上當。論祭司的功力，明明就是以前曾經讓我復活的阿克婭大姊比較高強吧。我要選這一邊……真令人不爽，真是令人不爽啊……」

世上不可能有如此心靈純淨的人。

尤其是祭司這種人，不是都會隨便找個藉口硬塞入教申請書強制宣教，對艾莉絲教口出惡言，還會在賭場或酒吧讚頌墮落的日常嗎？

最近我遇到的阿克西斯教祭司全是這副德性，可是明明他們都很像祭司啊！……嗯？我的思考迴路是不是有點奇怪？

我心裡有些疙瘩，疑惑地歪了歪頭。這時公會的職員對冒險者開口道：

「各位冒險者——！今天也要打起精神努力討伐喔！言歸正傳，今天的狀況和平常不太一樣……」

真難得。平常這個時間，其他職員就會在公布欄貼出委託了，目前卻沒人進行這項作業。

只見職員轉而取出一張紙，再次開口說：

「其實從昨天晚上開始，鎮上的公墓附近出現了大量的不死怪物，今天公會想請各位前去討伐牠們。畢竟那裡相當靠近城鎮，隨時都有可能造成鎮民受害。尤其是祭司一定要參加！」

不死怪物大舉現身啊。

雖然我們小隊完全沒有祭司，但光論能力，光論能力的話！和真那邊有位優秀的祭司。

一思及此，我往和真等人看去。不知怎地，和真、惠惠跟達克妮絲也都盯著阿克婭看。

「……可是妳有偷懶的前科啊……」

聽到和真無言以對的語氣，阿克婭嚇得驚慌失措。

難道這傢伙之前闖了什麼禍嗎？

「吶，大家可以不要用那種眼神看我嗎！這次我真的有乖乖工作！很好，你們等著看吧！今天就讓你們好好見識大祭司認真起來是什麼樣子！喪屍和骷髏那種小咖我一個人就夠了！」

她如此高聲宣言。不過憑她的實力，確實一個人就能解決。

這下子工作應該就輕鬆多了。

就如職員的報告內容所述，墓園裡出現了成群的殭屍。

確認數量後，包含我在內的冒險者們，表情都變得愁雲慘霧。

一百，不，應該超過兩百吧。我從沒見過這麼大量的殭屍。我對其噁心的外表早有心理準備，所以還撐得住，但還有更大的問題等著我們。

「臭死了！這麼多殭屍聚在一起，真不是普通臭耶。雖然我三天沒洗澡了，但在這裡應該不會被人發現吧。」

「達斯特，不准再靠近我了。光是待在這裡，感覺我的頭髮就會沾上臭味。啊，你看，這具殭屍的身材很讚耶。你們不是就愛這一味嗎？」

琳恩捏著鼻子，對我和奇斯如此斷言。

「她少了一半的胸部耶！別以為只要是女人就行好嗎！還沒爛掉的那具殭屍的臉確實是我的菜啦！」

「等等，達斯特。難道……只要像你一樣經歷過死而復生，就能接受了嗎？」

「奇斯……你是天才嗎？待會兒去拜託和真幫你講講看，應該可行。」

「想也知道不行！」

我跟奇斯正在認真研擬計畫，琳恩卻跑來攪局。

雖然試圖用這種閒聊排解鬱悶的心情，但我越來越無法忍受這股惡臭了。

「實在太臭了，連眼睛都覺得好痛！糟糕，我想吐……早餐吃的蛋已經湧上喉嚨了……」

「把蛋推回胃裡去，奇斯。可是，這麼多不死怪物居然到目前為止都沒被發現，如今才一舉湧現？墓園的管理員在做什麼啊？」

結果，雖然我的隊員都參加了這場討伐，但所有人都對這個決定深感懊悔。

殭屍的動作遲鈍，通常被視為小咖，因此我們以為能輕鬆取勝。可是多到這種程度，光是存在本身就堪稱暴力了。

如此驚人的怪味讓其他冒險者也哀鴻遍野。

「請阿克婭大姊唰地一口氣打倒他們，趕快撤退吧。」

「別完全丟給別人處理啦。可是這次我真的沒勇氣衝進這堆殭屍之中，她能幫忙就謝天謝地了。」

所有人似乎都有同感，不約而同地將視線集中於阿克婭身上。結果發現在一旁看著殭屍大軍興奮不已的爆裂女孩被達克妮絲一把抓住了。

她應該想衝出去炸一發爆裂魔法吧。這樣不只墓園會被夷為平地，腐肉還會飛濺四散，讓現場化為地獄。

和真應該也明白這一點，便將阿克婭拉到殭屍大軍面前。

「好，我們把會干擾魔法的殭屍引開吧。就算可以爽爽大賺一筆，也得出一份力才行。」

雖然不用工作就能吃到的飯也很香，但稍微動動身體，先讓肚子空下來也不錯。

「是啊。至少要做到這一步才行，不然很沒面子。」

「護衛的工作就交給我吧。這是十字騎士大顯身手的時候。」

「那我就從遠距離刺刺他們嘍。」

其他冒險者也紛紛迎戰殭屍，打算協助和真等人。

話雖如此，這些人也都十分信賴阿克婭的祭司技能。才這麼心想，那道令人期待已久的嗓音就傳入耳中。

「Turn Undead！」

整座墓園被雪白光芒籠罩。

能放出如此大範圍的魔法，真的只有威武一詞足以形容。

「這樣就結束了啊，真沒意思……嗯嗯？那些殭屍還活蹦亂跳的呢。」

被魔法光芒籠罩的殭屍們跟剛剛一樣不停蠢動。

「這、這是怎麼回事？剛剛那一擊有打中嗎？」

我這麼心想，並看向那兩個人。

「喔喔喔喔！阿克婭，處理不死怪物可以說是妳唯一的強項了吧！快想辦法、快想辦法處理牠們！」

「太奇怪了、太奇怪了！那些可能不是不死怪物！因為我從來沒見過紅色眼睛的殭屍！應該說和真，你為什麼要遠離我——」

只見他們正在上演醜惡的爭辯。

難道真的連魔法也派不上用場嗎？現在可不能再繼續悠哉了。

周遭眾人似乎也理解現狀，開始亂了陣腳。

雖然阿克婭在場就可以高枕無憂，但要是魔法失效，情況就一百八十度大轉變了。對上這麼一大群殭屍，就算有人喪命也不足為奇。

最慘的是，當我心生逃跑的念頭，準備砍殺殭屍時，竟在視野一角瞥見了賽蕾娜的身影。

她不顧眼下狀況如此，獨自一人冷靜地開口道：

「Turn Undead！」

這道嗓音響徹四周的同時，以賽蕾娜為中心颳過一陣風。

剛才阿克婭的魔法明明無效，這回殭屍卻一一倒地，動彈不得。

「「「「喔喔喔喔喔！」」」」

賽蕾娜只用一發魔法，就把這麼多殭屍剷除了嗎？

討伐委託輕輕鬆鬆就解決了。這個結果雖然令人開心，但不知為何，我心中也浮現出另一股難以為此欣喜的心情。

9

回到公會後，所有冒險者紛紛力邀，想盡辦法讓賽蕾娜加入自己的小隊，各個卯足全力。

但她似乎堅決要加入和真小隊便婉拒了。

「吶，你怎麼不吭聲？感覺你應該會衝第一耶。」

琳恩看著我，一副想不透的樣子。

她真是太不了解我了。

「哈，我說過我是阿克婭大姊的粉絲吧。那種充滿神職人員風格的行為，看了就討厭。」

「還鬧彆扭啊？你之前不是說，我們小隊也該有個祭司了？」

「呿，要是那種人加入小隊，感覺就會悶到不行。我更想要可以愉快相處的夥伴。」

光論外表還算及格，但問題出在個性。

「這樣的話，符合條件的就只有阿克西斯教的祭司嘍？」

「……拜託不要。」

我一口否定泰勒指出的癥結點。

我看向和真小隊那位被賽蕾娜搶走風采的祭司——

「看吧！我要把這個杯子放在桌子上，從離杯子的遠一點地方把這顆松果丟進去。如此一來，就會有東西從杯子裡面逐漸抽高……！」

她居然在表演才藝。

……阿克西斯教的祭司啊。還是免了吧。

但我跟那個女人也不對盤。她應該會先裝出一副清心寡慾的樣子，再說這次的討伐是她一人掃蕩的成果，就把所有獎金拿走吧。

這時，彷彿聽見了我這句心聲似的，有個冒險者對賽蕾娜說了句話。

「——不過，這樣真的好嗎，賽蕾娜小姐？這次的討伐幾乎是妳一個人的功勞，卻說報酬給我們分就可以了……」

「我是神職人員。只要有睡覺的地方還有不致於挨餓的飯錢就足夠了。」

說完，賽蕾娜微微一笑。

「……我真是大錯特錯。」

「咦？達斯特，你剛剛說什麼？」

我站起身往賽蕾娜走去。

「從第一眼見到妳的時候，我就覺得妳不同凡響！比起某個令人失望的大祭司，妳的人格簡直太高尚了！最棒的就是不貪財這一點！」

我的錢包已經扁到不像話了。如果她願意砸大錢在我身上，那就另當別論。

她真是個好女人。祭司就該像她這樣才對！

第二章

餵飽餓肚子的幼女

1

今天難得夥伴們都不在，於是我決定獨自優雅地享受早餐時光。

來到公會一樓的老位置坐定後，我打了個響指呼喚女服務生。

「有點刺耳耶，能不能安靜點？你這樣會妨礙到其他顧客，請從那邊離開吧。」

「我才剛來而已！我也是顧客吧！我要點餐才會叫妳過來！」

紅色短髮的女服務生頂著一張臭臉走向我。

「艾莉絲教會今天好像有慈善賑濟活動。據說一個人可以吃到兩碗飯，真是太棒了。」

「為什麼要以我沒錢為前提啊！說不定我偶爾也會帶錢在身上啊，快拿菜單給我！」

「真愛說笑。唯獨達斯特先生身上絕對不會有錢。對吧？」

她摀著嘴角竊笑起來。

「就是說啊。他怎麼可能有錢啊。不窮的達斯特就不是達斯特了，根本只是個普通的冒險者嘛。」

「就算是玩笑話也不好笑耶！講點更好笑的哏來聽聽啦！」

其他桌的冒險者也開口插嘴道。

這、這些混蛋，徹底把我看扁了嘛。

「喂喂，我身上偶爾也會有錢好嗎？來，看看這個。你們覺得這個像什麼啊？」

我從懷裡拿出錢包，並取出零錢「鏗啷鏗啷」地放在桌上。

「咦？假幣……感覺不太像呢。這些錢是怎麼來的？難道收錢之後連我都會遭殃嗎？拜託別搞這一招喔。你一個人進監獄就好。」

「不會跟犯罪扯上關係啦！是在墓園討伐殭屍的賞金入帳了。你們也有拿到吧！」

因為賽蕾娜出於客氣沒收錢，每個人分配到的金額變多，我才能像這樣好好吃一頓早餐。

其他冒險者口袋裡也有點錢了，才會一大清早就在桌邊排排坐，菜色也比平常豪華許多。

「別廢話，立刻把能填飽肚子的東西端上來。你們不要去確認外面有沒有下雨啦！」

坐在窗邊的人全都打開窗戶，抬頭仰望天際。

算了，俗話說「富者不與人爭」。只要我不為錢所苦，就不會對雞毛蒜皮的小事發脾氣。

「哎呀，難得你會比我們還早到。外面天色……很明亮啊。」

「天氣很晴朗呢。看來世上還是有難以解釋的事情。」

「是不是要下紅雨了？還是世界要毀滅了？」

來到公會的三位夥伴不約而同地隔著窗戶眺望外面的景色。

這裡全都是些沒禮貌的人耶！

「不會有任何東西從天上掉下來啦！我就只是來吃頓早飯，有這麼奇——」

此時，彷彿要打斷我說的話般，公會中忽然響起一道震撼鼓膜的破壞聲響。

我連忙作勢防衛。只見有個東西發出一聲巨響，掉在我面前。

「唔喔！什麼？怎麼回事！」

乖巧地坐在桌上的——是個一頭雪白長髮的幼女。

陽光從本來該有窗戶的地方灑落而下。在陽光的籠罩中，她那白皙的髮絲和肌膚顯得閃閃發亮。

那副長相要是再過個十年，應該會蛻變為人人都不禁回首盼望的大美女。

「咦？咦？這孩子從哪兒來的？是破窗進來的嗎？」

眼下的情況實在太離奇，琳恩也為之困惑，來回看著通風變良好的窗戶和那名幼女。泰勒和奇斯也做出類似的反應。

但這名幼女完全沒表現出疼痛感。不僅如此，她只是面無表情地直盯著我看。

「這種登場方式還真是大膽。有沒有受傷？」

無論出於何種原因，她破窗而入，就算受傷也不足為奇。

陌生少女一襲洋裝，光著腳丫，整體看起來滿裸露的。我大致確認一下她是否有流血，但可見範圍內似乎毫髮無傷。

「找到尼了。」

她用不流利的發音說了莫名其妙的話。

「啊？妳說什麼？」

「找到尼了，我滴主人。」

…………啥？

這個幼女剛剛說了什麼？

「抱歉，我沒聽清楚。可以再說一次嗎？」

「我、滴、主、人。」

她指著我，用比剛剛還大的音量，一字一字地這麼說。

公會裡頓時一片靜默。

這傢伙剛剛說我是「她的主人」嗎？

「喂，開什麼玩——」

「「「咦咦咦咦咦咦咦咦咦咦咦咦咦！」」」

琳恩等人發出尖叫後，其他冒險者也像是受其牽引似的紛紛躁動起來。

「達斯特這個人渣。因為自己不受歡迎，終於對這麼小的孩子出手了嗎！」

「而且還叫他主人。那孩子一定是被抓住把柄了。」

「嗚嗚嗚，我就知道可憐的幼女總有一天會被達斯特的魔爪荼毒！」

我朝那些大放厥詞的冒險者狠瞪一眼，讓他們乖乖閉嘴，再重新轉向不發一語的夥伴們。

人生中最重要的就是夥伴了。他們一定會相信我，絕對不會胡說八——

「達斯特，你說喜歡巨乳，是為了掩飾這件事嗎？最近你老是跟那間店最沒料的蘿莉莎在一起，我就覺得可疑。」

「自首似乎可以從輕量刑。放心，我會陪你一塊兒去。」

奇斯和泰勒將手放上我的肩膀。

「痛痛痛痛痛痛痛！手指都要掐到肩膀肉裡了！可惡，放開我啦！想也知道是小孩子的玩笑話。再說，你們應該先聽我解釋吧！琳恩，妳也別再保持沉默了，說點什麼啊！」

我向最後的浮木琳恩求助，結果她那微睜的眼瞼縫隙中，寒冷刺骨的視線射了出來。

「琳、琳恩小姐？」

「我知道你是個人渣，卻沒想到你渣到這種地步。你有什麼遺言嗎？我洗耳恭聽。」

「咦？我要死了嗎？」

琳恩手持魔杖，逐步朝我逼近。

雖然想逃，但我的雙肩被泰勒和奇斯緊緊抓住，連站都站不起來。

魔杖前端緩緩地綻放出光芒。

啊，這下我死定了。

「鼻要欺負我滴主人。」

這時，幼女張開雙臂跳到魔杖前。

「不行喔，這樣太危險了，快點走開。待會兒會引發一場腥風血雨，對小孩子衝擊性太強了。」

聽到琳恩危言聳聽，幼女不停搖頭表達抵抗。

「不科以欺負他。」

「……唉，我知道了。放心吧，我不會欺負他。如果你有話想說，我會洗耳恭聽。」

多虧這個幼女，我好像撿回了一條命。

……嗯？不，等一下。追根究柢，都是她講了莫名其妙的話，事情才會演變至此。

「哪有什麼話好說。這孩子是誰啊？吶，我以前在哪裡見過妳嗎？」

「膽子還真不小。都什麼時候了，你還想裝傻啊？」

「不要用魔杖指著我！我真的什麼都不知道！」

就算我再遲鈍，這種特徵如此搶眼的幼女，只要見過一次就絕對不會忘。但我對她一點印象也沒有。

然而，我心裡卻有種莫名的怪異感和熟悉感。這是怎麼回事？

趨近於白的銀髮和白皙的肌膚讓我耿耿於懷。

「說謊也該打個草稿吧。」

「我沒有說謊！喂，小鬼。妳是不是認錯人了？」

幼女站在我眼前，直盯著我的臉龐。

「尼忘記惹嗎？」

就算用水汪汪的眼睛盯著我也沒用啊。哪有什麼忘不忘的，我壓根兒不認識什麼銀髮幼女。

「尼以前會騎在我身上大鬧特鬧，不記得惹嗎？」

這番比剛剛更具威力的說辭讓全場為之凍結。

「尼還說，跟我一起爽一下。」

「喂、喂……拜託妳告訴我這不是真的！否則幾秒後，我就要跟昨天癱死在地的那些不死怪物當好朋友了喔！我現在還能原諒妳的玩笑話！咦？難道……妳是菲特馮？」

我抓著那孩子的肩，要求她更正說辭時，腦海中忽然浮現出這個熟悉的名字。
當我們相互凝視，我感覺到後方傳來無數道殺氣。
我緩緩回過頭去……只見身後的夥伴和冒險者們都面目猙獰。

2

「真是的，你一開始講清楚就好啦。對吧？」
「是啊。我始終相信達斯特不會走偏到那種地步。」
「啊啊，信任夥伴是理所當然的。」
我狠狠地盯著這群找藉口開脫的夥伴。但是所有人都不敢看我，而是面向那名幼女——菲特馮。
「我早就說過自己毫不知情了吧！我跟她是在當上冒險者之前認識的。她是當時很照顧我的……某個人的孩子。」
我被所有人痛扁一頓後，用一杯酒的代價請公會裡的一名祭司替我療傷，總算是復活了。
隨後，我終於徹底回想起這名少女到底是誰了。大致解釋一輪後，情況就演變至此。

要是沒想起來的話，我現在大概就在牢裡或墳墓裡了。

「既然如此，你早說不就得了？」

「是你們不肯聽我解釋吧！之所以沒能馬上認出來……是因為她的長相跟過去完全不一樣了。」

身為話題中心的菲特馮坐在我的大腿上，面無表情地左右搖晃。她似乎非常開心。

「畢竟她這種年紀，過了幾年長相就會變很多。難怪達斯特沒辦法立刻認出來。」

「這麼說也對。我已經在反省了，別用那種眼神看我啦。我會請你喝一杯，你就消消氣吧。我們不是夥伴兼麻吉嗎？」

泰勒點點頭，奇斯則語帶詼諧地這麼說。待會兒我要他們好好向我賠罪。

「不過，她的父母把這麼小的孩子丟著不管，跑到哪裡去了啊？」

「天曉得。他們以前就很隨便。可能是找到我之後，就把這小鬼託給我照顧，跑去玩了吧。畢竟她從以前就很黏我。」

我隨便扯了幾句。得先解決眼下的狀況才行。

我摸摸菲特馮的頭，她就把臉埋在我的頸間，動動鼻子聞味道。

「味道讓人好放鬆。吶，萊因．歇——」

「啊——！之前見面的時候妳還太小了，所以記不太清楚吧。我的名字是達斯特喔。來，說說看。也不要再叫我主人嘍。」

好險，我完全掉以輕心了。這傢伙忽然間說什麼啊。

剛剛那句話應該沒人聽見吧？

「我迷有忘記啊。尼不叫達施特，叫萊因──」

「哦──！妳會講達斯特這三個字嘛。我叫達斯特，聽懂了嗎？」

她用圓滾滾的眼睛直盯著我瞧。

別用那種眼神看我。我知道妳想說什麼，但現在乖乖聽我的話。

我用眼神向她示意後，她才心不甘情不願地輕輕點頭。

「聽懂惹，達施特。」

雖然是趕鴨子上架，但她似乎瞭然於心。幸好菲特馮很明事理。

也幸好她發音不標準。大家好像沒意識到剛剛說的那些話。

「這孩子要怎麼處理？暫時由你照顧嗎？你連自己都照顧不好了耶？」

「但也只能讓我來帶啊。雖然想找出她父母親的行蹤，但現在連一點線索也沒有。」

說到底，「父母來到這個鎮上」這個說法也是我亂扯的。就算要找也找不到。

既然已經想起菲特馮的身分，就不能對她置之不理了。

「達斯特，你可以嗎？你應該沒辦法帶孩子吧？」

「船到橋頭自然直啦。畢竟她很聰明。」

以前我在那邊也是負責照顧她的，應該沒問題吧。

我輕拍菲特馮的頭，她就拉拉我的袖子。

「達施特，我餓餓惹。」

「喔，要吃飯啊。那找琳恩……應該沒指望。跟我來吧。」

我牽著她走到公會櫃檯前。

我看到露娜正在擦拭櫃檯，便想請她幫個忙。

那對豐碩飽滿的巨乳今天也以絕妙的頻率晃個不停。

「露娜，現在忙嗎？」

「是不忙啦。那孩子是剛剛那場騷動的？」

「我似菲特馮。」

見菲特馮低頭鞠躬，露娜馬上笑逐顏開。

「哎呀～妳會自我介紹啊，好乖喔。」

「對啊，她很聰明。對了，我有事想找妳商量。菲特馮肚子餓了，拜託妳施捨一點食物給她。」

「別在孩子面前講這種丟人現眼的話。真受不了你，只有一餐的話還說得過去。」

會錯意的露娜準備開口叫女服務生過來。

「啊，我不是要欠帳啦……是請妳施捨母乳給她。胸部這麼大，應該擠得出來吧？哦，我會好好把風，不會讓其他人妨礙妳擠奶……咕喔喔喔！哪個臭傢伙……居然敢打我。」

琳恩在我身後揮下了魔杖。

「你再不收斂一點就會被褫奪冒險者資格喔。而且你剛剛是不是看了我的胸部，還說『應該沒指望』？那是什麼意思？」

「啊，呃，那個。因為要大一點才擠得出來嘛。而且露娜都這把年紀了，應該……」

這時，我才發現自己說了最不該說的一句話。

「我都這把年紀了，所以怎樣？你的意思是，我應該要結婚生子了嗎？這算不算是對職業女性的偏見呢？」

雖然露娜帶著笑容，措辭也十分有禮，但她的眼中毫無笑意。我今天也太倒楣了吧！

見兩人前後包夾逐步逼近，我連忙搜索逃生路線。這時菲特凴看著琳恩的臉，不解地歪了歪頭。

「吶，公主殿下怎摸會在這裡？」

「喂、喂！」

「咦？公主殿下？」

意想不到的這句話讓琳恩頓時忘了方才的憤怒。

「她是稱讚妳像公主殿下一樣可愛！這樣很好啊，琳恩。」

「謝、謝謝妳喔？」

她有些困惑地道了謝。

繼續讓這孩子留在這裡，她應該會說溜嘴。

「好～本大爺請妳吃頓飯，我們出去吧！」

不等菲特馮回答，我就把她抱在腋下，火速奔出公會。

「給我等一下！」

琳恩等人在後頭想叫住我，但我裝作沒聽見，用盡全力逃離現場。

離開公會，確認附近沒有熟人之後，我才把菲特馮放在地上。

「吶吶，達施特。公主殿下怎摸會在這裡？」

「她不是公主殿下啦。妳乖，下次別再對琳恩說那種話了。也不要在任何人面前提起我的過往，好嗎？」

「嗯。可似，她真的好像公主殿下。」

「嗯……或許吧。」

妳也這麼認為啊。

我不想再談這件事，於是帶著菲特馮到街上散步。

我在路邊攤隨便買了點吃的給她，她津津有味地大快朵頤。

「喂，妳怎麼會過來這裡？」

「因為我科以說話了，就想來找尼。而且……我覺得豪機寞。」

很寂寞啊……之前把她留在那裡，我對她也有點虧欠。

「這樣啊，那就沒辦法了。」

知道她的身分以後，我就沒辦法再對她動怒了。

重新審視後，我發現她真的變了不少。一頭銀髮流瀉到腳踝，白皙的肌膚毫無瑕疵。身上只有一件微髒的洋裝，甚至連鞋也沒穿。

「得買件衣服才行，不然在各方面都挺危險的。」

「菲特馮覺得這樣也烏所謂。」

「怎麼可能無所謂。大家都看著呢。要是我帶著這身打扮的妳到處跑，別人會以為我是虐童的老爸，或是被當成變態扭送警局。」

很多阿克塞爾警察把我視為眼中釘。如果我帶著這身打扮的幼女行動，絕對會不由分說地被關進大牢裡。

「在這附近隨便買件衣服換吧。」

「啊，這不是達斯特先生嗎？咦咦……怎、怎麼會？你成天為錢發愁，終於還是鑄下大錯，跨過禁止跨越的最後一道防線了嗎？我始終堅信你遲早會做到這一步就是了。」

「我不需要這種信任！」

看吧。我就知道有人會說這種話。

雖然聽聲音就知道來者何人，但為了確認，我姑且還是轉過頭去。只見眼神膽怯的芸芸就在我身後。那肯定是看到罪犯的眼神。

「警察先生——！這裡有罪犯——！」

「喂，閉嘴！就說不是了！怎麼每個人都嚷嚷著同一句台詞啊！她是我朋友的孩子。來，打個招呼。」

「我似菲特馮。」

「唔哇啊啊啊啊，好可愛！好像娃娃喔！怪了。雖然跟達斯特在一起，這孩子卻不會惹人厭呢。既然你們認識，那就早說嘛。我還以為你為錢所困，忍不住誘拐孩童，差點就要叫警察了呢。」

「妳已經叫了吧！我會這麼隨便就犯下那種重罪嗎！」

芸芸笑盈盈地看著正在吃串燒的菲特馮。女人就是對小孩子沒轍。

「別管我的事了，妳又如何？之前不是說要參加那個族長的試煉嗎？」

「那件事已經平安……平安？落幕了。」

為什麼用疑問句啊？

「反正妳應該找和真幫忙了吧？」

「你怎麼知道！難道是聽和真先生說的？」

雖然她萬般驚訝，但只要稍微思考一下，誰都能猜得出來。

知道芸芸的交友關係和個性的話，答案就少之又少了。不，答案就只有一個。

「能讓妳輕鬆搭話的對象，除了我之外，就只有巴尼爾老大跟和真吧。如果把巴尼爾老大帶回紅魔之里，肯定會以悲劇收場。而且他也不是前衛型職業。」

「我是有想過要不要找巴尼爾先生，但我腦中只有一種可能性。那就是他把紅魔之里的所有人整得雞飛狗跳，釀成大禍……」

當身為上級惡魔，以捉弄人類為己任的老大碰上全是大法師又好戰的紅魔一族。

……感覺後果不堪設想。

「這個判斷很合理。雖然在戰鬥方面不太可靠，但拜託腦筋動得快的和真比較妥當。」

「嗯嗯。因為和真先生很溫柔，跟某人不一樣，所以開開心心地答應了呢！」

居然故意強調「某人」。

她口中的「某人」當然是我，但我不在乎。只是她剛剛說的那句話中，有一點我實在不能苟同。

「妳說誰很溫柔？」

「當然是和真先生啊！」

「啊啊？大家都用『人渣真』跟『垃圾真』稱呼我那位麻吉呢。妳不知道嗎？」

雖然大家也都明裡暗裡叫我「渣斯特」或「王八蛋」，不過和真也是聲名狼藉。

「我、我知道啊。但他對我很溫柔。」

「哈！想也知道他不懷好意。他應該是想在美女如雲的紅魔族面前耍帥吧？再說，妳還不懂嗎？和真可是我的摯友呢！」

聽我如此斷言，芸芸頓時僵在原地。

「他是達斯特先生的摯友。再也沒有比這更令人火大的說服之詞了……」

我這番意想不到的發言似乎超有說服力。

雖然我說和真是我的摯友，但他在我面前總說「只是互相認識而已」。我相信他一定是在掩飾害羞的情緒。

所以沒錢的時候，還是得叫他請客才行。

既然芸芸能同我如此閒聊，可見她跟平常一樣閒閒沒事幹吧。應該可以拜託她幫忙。

「對喔，再怎麼說，妳也是個女人嘛。妳知道哪裡有賣這孩子能穿的衣服嗎？」

「雖然對『再怎麼說』這幾個字有點意見，但這次就算了吧。我知道很多服飾店。畢竟我很擅長自己一個人閒逛嘛！……但我從來沒跟其他人一起進去過就是了。」

雖然她輕描淡寫地訴說著可悲的事實，但論獨自打發時間的功力，除了芸芸之外，實在無人能出其右。

這傢伙平常不是窩在公會裡、跟爆裂女孩打打鬧鬧，就是在街上閒晃。偶爾似乎也會一個人接任務就是了。

「我十分看好立於孤傲頂峰的妳，所以想請妳幫這孩子挑選衣服。妳就看著辦，把她打理好就行了。」

「真的可以嗎？我從以前就很會裝扮娃娃，包在我身上！啊啊，跟女孩子一起去買可愛衣服的這一天終於來了。謝天謝地！」

我已經做好會被拒絕的心理準備開口要求，沒想到她居然挺開心的。

雖說要請她幫忙，但幫別人挑選衣服有什麼好高興的？而且要買衣服的話，跟那傢伙去不就行了？

「一起去？妳不會找爆裂女孩去買衣服嗎？」

「惠惠每次都穿那一套，很少亂花錢買衣服。而且她的服裝品味也有點怪。」

「啊——原來如此。」

這麼說來，和真說過惠惠幾乎不拿任務的報酬。是覺得有擊發爆裂魔法就滿足了嗎？眼睛根本沒毛病，卻時不時會戴上眼罩。很容易能想像得到她的服裝品味有多糟。

對錢一點興趣也沒有，一心一意只愛爆裂魔法。這一點真是太了不起了，讓我深感佩服。話雖如此，若問我想不想讓她加入小隊，我的答案是：不需要。

「菲特馮穿這樣就豪，迷有關係。」

「不行啦。女孩子就得打扮得漂漂亮亮才行！妳的底子這麼棒，不管穿什麼衣服肯定都很亮眼。」

難得看芸芸說話這麼慷慨激昂。

菲特馮似乎沒搞清楚狀況，只是呆呆地望著她。

照這樣看來，應該可以放心交給芸芸處理了。

3

為什麼女人買東西都要搞這麼久啊？

踏進服飾店後，我都不想思考到底過了多久。

雖然試穿了好幾套衣服，但菲特馮依舊面無表情。不對，看起來有點不耐煩了。

「果然沒錯！我就知道這套也很適合她！但剛剛那套也很難取捨。」

「就是說嘛！接下來試試這一套吧。討厭，超～可～愛～的～！好想把她帶回家養喔！」

不知怎地，芸芸跟店員意氣相投，沉醉在替菲特馮換裝的遊戲中。

……女店員的眼神跟表情都充滿心機，還是小心為妙。

芸芸明明怕生又不善社交，今天她的話卻多到不行。她應該是太過熱衷於換裝遊戲，沒辦法掌握現況吧。

結果我又被迫等了整整一倍的時間，她才終於決定要買哪一套。

「買了兩套衣服跟一雙鞋子。反正達斯特先生也沒錢付帳吧。」

「喂喂，別瞧不起我。只不過是一兩套女人的衣服……這個貴到爆的價錢是怎麼回事！女人的衣服這麼貴嗎！我要罵人嘍！」

搞不好超出我一個月的伙食費了。

「別這樣！這是行情價，應該說算便宜了。真拿你沒辦法。這可不是為了達斯特先生，是為了菲特馮，請你別會錯意。我來買單吧。」

芸芸用力地拍拍胸脯，一臉得意地看著我。

「哦，謝啦……啊，不，還是算了。我來買單。」

畢竟過去也受她不少幫助。這點錢還是由我來付，順便當作那時候的謝禮。

付完錢接過衣服和鞋子，我直接讓菲特湡當場換一套。

雖然這件也是洋裝，但是跟剛剛那件不同，配色十分清爽。這樣就不會被人用異樣眼光看待了。

「哦，很可愛嘛。」

「嘿嘿嘿。」

菲特湡的表情透露出些許羞澀。真難得。

「達、達斯特先生居然為了別人花錢……不只如此，明明對自己一點好處也沒有，卻稱讚小孩子的衣服……只會把錢拿來喝酒跟賭博的達斯特先生究竟出了什麼毛病？你是不是亂撿怪東西吃，還是狠狠撞到頭了……」

沒必要嚇成這樣吧？別渾身顫抖地指著我。

「怎麼回事！你以前在孩子面前不會這麼溫柔啊！你是披著達斯特先生皮囊的某種東西吧！」

「某種東西是什麼意思啊！順帶一提，我下面可是沒披著皮的喔！要不要直接看看確認一下?哎呀，不能施放魔法喔。在這裡攻擊的話，菲特馮也會被波及呢。」

「居然拿小孩子當擋箭牌，太卑鄙了！」

哈！隨妳怎麼說。

「這裡已經沒妳的事了。今天謝謝妳幫忙，再會。」

「謝謝尼。」

菲特馮低頭鞠躬後，便小跑步奔向我身邊。

我偷偷回頭一瞥，發現芸芸滿臉不甘願地杵在原地。

「好啦，接下來要做什麼呢?妳有什麼想做的事情嗎?」

「我想資道萊因……達施特平常都在做什麼。」

「我平常都在做什麼啊。好，雖然順序反過來了，但難得妳換上新衣服，就把身體也清乾淨。去洗澡吧。」

「嗯。」

先到常去的大眾澡堂泡個澡，再想想要怎麼辦吧。

在旁人眼中，菲特馮的臉上毫無表情，但我知道她現在很開心。

「走路會不會累?」

「嗯。有點難，可似很開心。」

連我自己都覺得這不符合我的作風，我卻還是忍不住想照顧她。

如果是普通小孩，我就會丟給夥伴或芸芸照顧，自己跑去喝酒了。

「大眾澡堂似什麼？」

「就是讓一群人洗熱水澡的地方。」

「我喜番洗澡。」

這麼說來，以前我幫她刷洗身體的時候，她都很興奮。

……等等，考慮到現在的狀況，這個方案可行嗎？

來到澡堂門口後，我把入場費交給櫃檯的老人。

「一位大人、一位孩童吧。謝謝。」

「好，我們進去吧。」

我拉著菲特馮的手準備進門，卻被人抓住肩膀。

他用根本不像老人的力氣阻止我的行動。

「幹嘛，我付錢了吧。」

「這位客人，那是我的台詞吧。那裡是女澡堂。」

「我知道啊。這孩子一定要我親自洗才行。雖然有點不情願，但我就忍耐一下，跟她一起進女澡堂。」

沒錯，這是我與自己妥協後才採取的行為。菲特馮還不會自己洗澡，為了她著想，我決定跟她一起洗澡。這是我的體貼之處。

「哈哈哈！您真愛說笑。這位小妹妹年紀還小，請兩位一起進男澡堂吧。」

「小女孩就可以進男澡堂？這邏輯不是很奇怪嗎？老爺爺，你知道何謂男女平等嗎？我無時無刻都懷有赤子之心，換句話說，我跟小孩子沒兩樣。就是這麼回事。」

「話不是這麼說的吧。」

可惡，應該能順利說服他才是，他居然還不鬆手。

這老頭還真頑固。

「您再繼續抵抗的話，我就要禁止兩位進入，還要報警喔？對了，這位客人，您以前是不是也惹過什麼麻煩？好像是偷窺──」

「啊～是我搞錯了。好～我們一起進男澡堂吧！」

我大聲嚷嚷打斷老人的話，乖乖走進男澡堂。

現在還是大白天，除了我們以外，似乎沒有其他客人。

「衣服好礙事。全裸比較好。」

「洗澡的時候是無所謂，但不可以在外面脫光光喔。雖然阿克塞爾奇葩輩出，但這麼做還是太離譜了。」

我腦海中忽然浮現出一名女十字騎士的身影。如果有機會的話，感覺她總有一天會全裸在大街上漫步。

不，再怎麼說，她也不會做出這種事吧。她姑且還有立場要顧。

但我滿腦子都是女十字騎士滿臉酡紅、口水直流的愉悅模樣。

「要怎麼洗澡？」

「哦，我幫妳洗吧。學會之後就可以一個人洗澡嘍。」

「雖然達施特的語氣變惹，但還似一樣溫柔。」

「本大爺平常就很溫柔好嗎？」

說完，我開始幫她洗頭。

看到她像以前一樣，閉著眼睛隨我處置的模樣，過往的回憶油然而生，讓我心頭刺刺癢癢的。

當時的我……

「……啊，露娜，妳也是早上來洗澡啊？」

「好巧啊，琳恩小姐。剛才冒險者帶回來的素材有一部分已經腐壞了，那個腐臭味……」

我飛也似的將耳朵貼到牆上。

剛剛是琳恩跟露娜的聲音吧？她們就在這面牆的另一邊嗎？

可惡，早知道她們會來，我就算撂倒老爺爺也要闖進去！

「達施特，尼在幹嘛？」

「等一下，我現在在忙。」

菲特馮頂著滿頭泡泡，直盯著我看。

別用那種純淨無瑕的眼神看我。

「……是不是變大了呀？」

什麼變大了！拜託好好說出是哪個部位！給我加把勁實況轉播啊，琳恩！

「那個，請不要一臉嚴肅地揉捏好嗎？琳恩小姐這麼有彈性，皮膚又好，我很羨慕呢。」

「呀！不要用手指彈我啦，討厭～」

妳們在揉什麼！什麼東西很有彈性！又在彈什麼啊！拜託再說詳細一點好嗎！

「達施特，眼睛痛痛。」

我太認真偷聽，完全忘記沖掉菲特馮頭上的泡沫。

隔壁另一頭的聲音正好也越來越不清楚了。

「哦，抱歉。來，我幫妳沖掉，要好好把眼睛閉上喔。」

正當我幫菲特馮沖熱水時，我察覺到身後傳來一股異樣感，於是回頭一看。但浴池裡空無一人。

「嗯？真奇怪。我確實感覺到有人在盯我啊。難道是有女人在偷窺？」
此時的我完全沒發現浴池裡噗滋噗滋地浮出氣泡。

4

洗完身體變得清爽後，我帶菲特馮在街上隨意逛逛，順便帶她認識環境。
「那間是什麼屁都沒賣的雜貨店。那個邋遢又頂個啤酒肚的，是名為大叔的可悲生物。離他太近就會被傳染窮鬼病毒，要小心喔。」
「別對小孩子灌輸這些奇怪的思想。一年到頭都苦哈哈的人是你吧。小妹妹，如果他對你毛手毛腳要大聲呼救喔？」
看到偶爾會去打發時間兼搗蛋的雜貨店，我便向菲特馮如此介紹，結果大叔就開口找碴。
「大叔，有沒有適合這孩子的破玩意兒啊？」
「我這裡沒有賣破玩意兒啦！哦，對不起，我吼太大聲嚇到妳了吧。我去從店裡的精選商品裡，挑一個適合小妹妹的，等我一下。」
大叔一邊碎碎唸，一邊窩到店舖後頭去了。

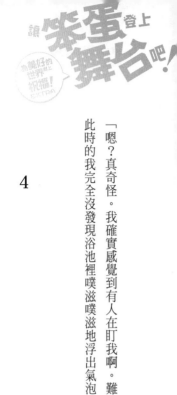

正當我隨意翻找擺在店面的商品，看看有沒有什麼好東西時，大叔回來了。

「雖然只有這個，但還是拿去吧。一定很適合小妹妹。」

說完，他往菲特馮脖子上掛了個東西。是一條紅寶石墜鍊。

但以成人款式而言，尺寸還是太大了點，根本不適合她。

「哎呀，鍊子太長了。這樣寶石會垂在肚子下面，實在不太好看。我拿去調整一下，先還給我好嗎？」

「這樣就好。謝謝。」

「是嗎？我隨時可以幫妳調整，想改就拿過來吧。」

「我現在手邊沒錢，拿到錢之後再來付帳。」

看這塊寶石的大小，應該要價不斐。

多虧寶島現身，挖出一大堆礦石和寶石，市場價格似乎下降了些。但現在就算掏出錢包裡所有的錢，應該也不夠吧。

這條項鍊配上幼女的外表雖然略顯成熟，但她似乎很喜歡，事到如今我也說不出退貨這兩個字。

「付……帳？抱歉，我可能上了年紀，聽力變差了點。那個達斯特居然主動開口要付錢。這種話就算撕爛他的嘴他也說不出口耶。」

「我說了會付錢。對我而言，這孩子……算了，隨便。再見啦。」

可能沒想到我會這麼回答吧，大叔蹙緊眉頭一直唸個不停。

煩惱太多的話，髮際線會往後退喔。

「雖然不怎麼好看，但紅寶石也不錯嘛。這東西很貴，出去外面要好好收在衣服裡喔。」

「嗯。」

我帶著臉上毫無波瀾，實則雀躍不已的菲特馮，一同拐進後方的小巷子裡。

「哦，不小心走到這種地方來了。趕快走過去。」

「達斯特先生，今天還沒開始營業喔？」

在店門口掃地的蘿莉夢魔好像發現我了。

慣性使然，我下意識地來到夢魔店。

「幼女和達斯特先生……」

我明明沒開口，她卻主動走向我們，配合菲特馮的視線高度當場蹲下。

她跟其他人不一樣，沒有劈頭就嚷嚷著犯罪等詞。沒想到她還挺會看人的。

我在心中稍稍拉高了對蘿莉夢魔的評價。

「你要追求嶄新的刺激，做好偏見紛至沓來的覺悟，刻意挑戰跟巨乳完全相反的危險領域啊。從巨乳到貧乳，最後還打算將幼女和熟女一網打盡。你那深掘情色之道的探究精神實在令我佩服。」

「喂，住口！不要拐彎抹角把我當成變態！」

她似乎沒有惡意，但我一點也不開心。

跟她對上眼的菲特馮歪著腦袋，接著拉拉我的衣襬。

「怎麼了？」

「她的味道豪奇怪，不似人類。我可以吃嗎？」

「這、這孩子是怎樣！怎麼突然口出狂言啊！」

哦，光憑味道就聞出來了嗎？

聽她忽然說些莫名其妙的話，蘿莉夢魔頓時驚慌失措，維持蹲下的姿勢靈敏地不停後退。

「就算肚子再餓，吃這種東西可是會拉肚子的喔。不行不行。」

「你說我是『這種東西』？」

「而且妳睜大眼睛看清楚。她的胸部跟屁股都沒有肉對吧？肯定毫無口感。」

「嗯。」

「居然說服她了！」

我幫忙打圓場，要菲特馮別把蘿莉夢魔吞下肚，但她居然哭喪著一張臉。

我替她說話，她應該跟我道謝吧？

「別在意。這傢伙屬性無害，不是壞人。」

「嗯，知道了。」

「那個那個，很抱歉在你們心靈相通的時候插嘴，但這孩子究竟是誰啊？」

「我似菲特馮。」

「這、這樣啊。呃，我叫蘿莉莎。往後請多關照。」

她姿態卑微地報上名字。

遇到幼女居然嚇成這樣，實在不太對勁。但當事人似乎是認真的。

「總覺得這孩子有點不可思議。惡魔的本能告訴我，跟她作對準沒好事。」

「妳想太多了吧。她是我朋友的孩子，我現在在帶她認識環境。入夜後我會再來光顧。」

「啊，等一下。今天的日照好像很強。」

她先跑進店裡一趟，出來時手上拿著一頂大帽簷的帽子。

她把帽子戴在菲特馮頭上。

「難得妳皮膚這麼白，要注意防曬才行。嗯，很適合妳呢。」

「謝謝。」

「好棒喔。妳跟達斯特不一樣，會好好道謝呢。」

我什麼也沒做，衣服跟裝飾品就自動送上門了。

照這個情況看來，遲早連住的地方都能手到擒來。

跟蘿莉夢魔道別後，我們回到主要幹道上。這時菲特馮又喊肚子餓，於是我帶她去吃飯。

她的食慾也太旺盛了吧。

餐盤陸陸續續地在我眼前往上疊加。

「妳吃好多喔。」

「嗯。豪好吃。達施特不吃嗎？」

「我不餓，喝水就好。」

這麼說來，她從以前就是個大胃王。

看她吃得津津有味是挺好的，但再這麼吃下去，我的錢包不用兩天就會空空如也。

賒帳或借錢……我實在不想在菲特馮面前做這種事。這樣一來只能去工作了。

看到菲特馮拚命地大快朵頤，完全不明白我為何所苦的樣子，我忍不住露出苦笑。

她不用刀叉，用手抓了就吃，所以手跟嘴都沾滿了醬汁。

「真是的，我幫妳擦擦，不要亂動。好，擦乾淨嘍。」

「啊～我受夠了！請問你哪位啊，噁心死了！」

「唔喔！什麼啊！」

身後忽然傳來一聲大吼。

我回過頭去，發現是琳恩、奇斯和泰勒。

「你們在跟蹤我？」

「我們是在擔心菲特馮。這不重要啦。達斯特，你到底怎麼回事？剛剛的言行舉止就像替這孩子處處煩惱的老爸一樣。老實說，看起來簡直判若兩人，非常噁心。你把那個人渣敗類、無藥可救的達斯特本尊藏到哪裡去了？」

「在澡堂時我們還時時緊盯，要是你做了什麼不可告人之事，我們就打算衝出來，但你卻什麼也沒做。你們看起來就像和樂融融的家人一樣。」

聽到奇斯這番話，泰勒也點頭稱是。

當時我感受到的視線，原來是這兩個傢伙啊。

「吶，雖然只是我的猜測……但那孩子應該不是你的親生小孩吧？」

「琳恩也在懷疑啊。我也隱隱在猜是不是這麼一回事。」

「之前還說拿小孩沒轍，現在看起來卻樂成這樣。」

這些人忽然蹦出來胡說八道些什麼啊？

菲特馮怎麼可能是我的孩子。就算是玩笑話，我也笑不出來。

「我本來就是對小女孩很溫柔的男人好嗎？」

「你看到美女只會性騷擾或搭訕吧。」

「那就像對充滿魅力的女性打招呼的行為啊。」

「之前被小孩子撞到，衣服弄髒的時候，請問是誰威脅他們交出洗衣費的？」

「當時我只是沒錢，又剛好心情很差而已。不是我的錯。」

我出言反駁，夥伴們就瞇起眼瞪我。

雖然我已經習慣他們的視線，但身旁的菲特馮拉著我的衣服，用純淨無瑕的眼神望著我。

唯獨這個眼神讓我難以招架。

「給我從實招來……你這叛徒，是不是都在暗地裡嘲笑我這個單身狗！明明已經結婚了，最近還跟其他女人眉來眼去。可惡啊啊啊啊啊！全世界的情侶都給我分手吧！」

「不要哭著揍我啊！」

「奇斯，冷靜點！雖然能理解你的心情，但現階段還沒有定論啊。」

泰勒從奇斯後方架住他。

琳恩沒把吵吵鬧鬧的兩人放在眼裡，獨自冷靜地看著我。

「儼然是人渣化身的你對別人的小孩不可能這麼溫柔……」

「對啊、對啊。你就承認吧，她是你的孩子！你在外面的私生子一定多到數不清！給我從實招來啊啊啊啊啊！」

「你就全招了吧，這樣會輕鬆一點。」

他們壓根兒不相信我說的話。

真是的，乾脆說菲特馮是我的孩子好了，這樣話題就能早早結束。要是他們開始挖菲特馮的過去，也許這麼做比較妥當？

「呃，其實……」

「你真的已經結婚娶妻了嗎？過去我們一直被蒙在鼓裡？不准隱瞞，老實回答我。」

琳恩用前所未有的嚴肅神情盯著我。看她這副模樣，我又將湧上喉間的話語吞回去。

「哎，仔細想想嘛。你們覺得我這種人結得了婚嗎？而且你們覺得這孩子看起來像幾歲？我要在多小的時候才能生她啊？早熟也該有個限度。」

照菲特馮的外觀往前推算，我應該要十歲左右生出這個孩子。生理上也不可能。

「啊，對耶，說得也是。冷靜思考後才發現，確實沒有人奇怪到會跟達斯特結婚。這麼說也對。」

說得太難聽了吧。幹嘛一副開心的樣子。

「達斯特，我相信你。」

「嗯，我也是。」

「你們說的這些台詞，今天我已經聽過兩次了。下不為例。」

現實的傢伙。在菲特馮面前，還是別跟他們爭辯了。

由於情況越來越複雜，為了不讓夥伴們繼續多嘴，我再多叮嚀幾句吧。

「既然有這孩子在，暫時也不能接委託了。手邊還有寶島跟之前取得的報酬，不愁沒錢花就是。」

「啊～關於這件事……你們不接委託了嗎？」

「吶，達斯特，你真的不太對勁耶。平常你的腦子裡只有爽爽賺大錢的思想，現在居然要主動工作？是不是發燒了？」

琳恩伸手摸摸我的額頭測量體溫。真沒禮貌。

「沒發燒啦。這孩子很會吃，得賺她的伙食費才行，不然她應該會餓死。」

菲特馮將剛剛點的菜餚全數掃空後，一直盯著空蕩蕩的餐盤。

以成人的食量而言，少說也有五人份，她卻已經吃光了。

「達施特……」

「知道了、知道了。妳儘管吃吧。」

「嗯。」

方才還有些悲戚的臉龐，綻出了暖洋洋的笑容。但她的表情變化微乎其微，除了我以外應該沒人看得出來。

我把女服務生叫過來，點了跟剛才一模一樣的菜色。

……搞不好今天錢包就會見底了。

「妳吃這麼多啊？不要逞強喔？」

「嗯。」

「吃不完的話，留給我們吃就好。」

「我吃得完。」

「要好好填飽肚子，變成一個好女人才行。」

「我會努力。」

這群人對小孩子都很溫柔，感覺馬上就能跟她打成一片。現在也很認真在照顧她。

這時，琳恩像是想起了什麼，忽然移動到餐桌一角並對我們招招手，彷彿要跟正在吃飯的菲特馮拉開距離似的。

我們一靠近，她就將臉湊過來小聲地說：

「回歸正題吧。我可以負責那孩子的伙食費。」

「請達斯特吃飯那就免了，但我願意請小孩子吃飯。」

「我不忍心看小孩餓肚子。」

畢竟他們個性如此，我早就猜到他們會說這種話了。

「你們的心意我很感激，但這孩子的伙食費我會看著辦。」

「「「………」」」

「幹嘛，別不吭聲啊。」

不知是不是打從心底感到驚訝，只見三人的眼睛瞪大到極限，露出一副呆樣。

店內回歸平靜，徒留菲特馮的咀嚼聲。

「要去醫院嗎？」

「我沒生病。」

「待會兒去一趟教會吧。」

「也不是詛咒啦。」

「你是哪位啊？」

「我是達斯特！」

類似的對話重複了幾次後，他們終於罷休了。

「你們這些臭傢伙。我說點正經話這麼奇怪嗎？」

「「「很奇怪！」」」

「喂！只有這種時候才會表現出超群的團隊精神啊！」

跟怪物戰鬥時再發揮這種團結力啦。至少現在不要。

我們這麼大聲地互嗆，菲特馮卻依舊默默地吃東西。

妳還真是不動聲色耶。

「雖然你們一派輕鬆地說要負擔伙食費，但真的付得起嗎？」

「別瞧不起人。我們跟達斯特不一樣……我跟泰勒有在存錢。」

「畢竟世事難料，所以我有一點積蓄。」

「喂，為什麼把我排除在外啊？我的積蓄確實沒那麼多，但我跟達斯特不一樣，區區小孩子的伙食費不算什麼。」

哦？口氣真不小。

你們這些傢伙都把注意力放在跟我的對話上，完全沒注意到此時此刻正在發生什麼可怕的事情吧？

「看看桌子吧。」

我指了指還在稍遠處吃飯的菲特馮。

夥伴們隨著我的指示轉動視線後，不禁倒吸一口氣。

好幾十個盤子已經堆積成山，完全看不見菲特馮嬌小的身軀了。

儘管如此，菲特馮似乎仍嫌不夠，又把女服務生叫過來追加點餐。

「咦，不會吧？她一個人在這麼短的時間吃掉這麼多？身形跟吃進去的量不成比例吧？」

「還、還真是沒想到呢。雖說大家都公認小孩子食慾旺盛，但這未免也太多了……」

「喂喂，她的食慾真令人堪憂啊。要是在費用均攤的酒席上來了個這麼能吃的傢伙，再美若天仙的女人也會讓人倒彈啊。」

他們似乎明白我想說什麼了。

再繼續聊下去的話，感覺她會無止盡地繼續狂吃。於是我決定終止話題，帶她離開餐廳。別說兩天，現在我的錢包就空了。得趕緊找個適合的委託賺錢才行，否則別提明天了，連今天的晚餐都沒著落。

菲特馮完全不顧我的焦慮，疊上最後一枚餐盤後，露出了還有點餓的表情。

5

雖然想回公會找找適合的委託，但日落西山，周圍都暗下來了。今天只能打消念頭，明天一早再重新開始。

夥伴們要去吃晚餐，但我手邊的預算已經到極限了。我決定今天睡在馬廄裡，放棄投宿的念頭。

我是無所謂，問題出在乖乖坐在我身邊，讓雙腳晃呀晃的那個孩子。

明明已經吃了那麼多東西，她似乎還嫌不夠，含著手指盯著菜單看。

之前在夥伴們面前大放厥詞，事到如今要開口跟他們借錢，實在有損尊嚴……不，等一下。我心中還有「尊嚴」這等崇高的情感嗎？

「嗯——！嗯嗯嗯嗯！」

「喂，你很吵耶。幹嘛雙手環胸唸個不停？」

「我很困惑，不知道自己心中還剩下哪些情感。」

「達斯特。你今天真的很怪耶。」

難道他們真的發自內心在擔心我嗎？奇斯和泰勒都用稀奇的表情看著我。

我沒把他們當一回事。當務之急是先確保這孩子的食物。

我在公會裡觀察一會兒，思考有沒有不花錢就能解決的方法時，頓時想到一個妙計。

「好。妳看到在那邊吵吵鬧鬧的四人組了嗎？」

「哪個？」

菲特馮東張西望地四處查看。

冒險者大多都是三至五人一組，她可能搞不清楚我在說誰。而且所有人都吵嚷個不停。

「那邊有三個女人。一個看起來有點變態、一個感覺腦子有病、一個正在展示宴會技藝。妳去找被她們三個團團包圍、正在喝酒的男人，嬌滴滴地說『葛格，人家肚子餓餓』，他就會讓妳吃飽飽喔。」

「真的嗎？」

「對啊。我的麻吉超有錢，可以毫不客氣地坑他一筆。」

「……我去試試看。」

不論褒義貶義，那個小隊在阿克塞爾可說是極富盛名。老實聽從我的建議後，菲特馮便朝他們走去。

我太了解和真了，他對小女孩非常好。再加上妹妹屬性似乎是他的罩門，常黏著他的愛麗絲跟爆裂女孩就是最好的證據。

另外，爆裂女孩的妹妹一事，以及達克妮絲爆發私生子疑雲時，也能窺見一二……不過，阿克塞爾的所有冒險者都很疼小孩就是了。

來到和真身邊後，菲特馮抓著和真的褲管說了幾句話。

雖然距離太遠沒能聽清楚，但進展似乎相當順利。和真一行人給了她一堆食物。

她捧著食物堆積成山的大盤子，心滿意足地走回來。

「他們給了好多。」

「哦，太好了。別客氣，儘管吃吧。」

「你遲早會被和真討厭喔。」

「沒差啦。被幼女感謝，他們覺得很開心，而這孩子能填飽肚子也很開心。雙方都沒有損失吧。在和真國家的語言中，這似乎叫做『雙贏』。」

「不管怎麼想都是他們的損失吧。但看她吃得這麼津津有味，他們可能不會多說什麼。」

琳恩看著菲特馮專心吃飯的模樣，忍不住微笑。

這個畫面讓我稍稍回想起過往的種種。當時我們也像這樣幫菲特馮準備飯菜，開開心心地看著她——

「吶，菲特馮，達斯特身上哪一點讓妳這麼喜歡啊？說實話，他的缺點多得數不清，根本沒有任何優點啊。」

「我也想知道耶。他在這裡惹人厭的程度甚至超過哥布林呢。」

「也沒什麼受人喜愛的要素。」

「至少說得出一個優點吧！既然是夥伴，就該找出我的優秀之處！給我努力一點！」

完全沒有人稱讚我。

被提問的菲特馮本人停下手邊的動作，陷入思考。

她的表情出現非常細微的變化，看起來不太高興。

「以前達施特救惹我一命。我被關在牢裡滴時候，似他來救我的。他還跟我說『放心吧，已經沒似了』。」

真令人懷念。她還記得我們第一次見面的場景啊。

當時那件事我也記得一清二楚。她在負傷的狀態下蜷縮在牢裡，心懷恐懼地提防著我。

「妳有過這麼慘痛的過去啊。抱歉，讓妳想起不愉快的回憶了……但當時的達斯特，應該是只有妳看得見的幻覺吧？」

「喂，混帳。」

「那個人真的是達斯特嗎？妳好好想想，是不是這張輕浮的臉？有沒有認錯人？」

「喂，等一下。」

琳恩抓著我的臉拉到菲特馮面前。在極近距離下盯著我的那雙眼眸，緩緩地變成鮮紅色。

啊，這下糟了！

「冷、冷靜點！這只是平常的打鬧而已，沒必要生氣。我們夥伴之間常常這麼做啦。」

連我都感受到那股無言的怒火了，於是我連忙緩頰。

我摸摸她的頭後，她的怒氣似乎下降了些，眼眸的顏色又恢復原狀。

「她說達施特滴壞話，我討厭她。」

聽到菲特馮用可愛的嗓音說出討厭二字，大受打擊的琳恩整個人往後仰，完全站不穩。

「唉～妳講本大爺的壞話，所以被她討厭了。妳的母性光輝還遠遠不夠呢。」

「吵死了！因為不管怎麼想，剛剛的話題簡直就像英雄或傳說中的英勇騎士，根本不是我認識的達斯特，所以我只覺得她是不是認錯人了。她真的是在說達斯特嗎……」

「唔！」

「我不會再說了。」

被菲特馮狠狠一瞪，琳恩馬上閉嘴。

與其說是真的相信，這些夥伴應該只是在小孩面前裝出認同的假象吧。我也不想再重提這件事，所以不是很在乎。

「這孩子生起氣來很恐怖耶。剛剛那種魄力完全不是小孩子的水準。」

琳恩擦了擦冷汗，彷彿真的被嚇到了。

「是嗎？不過她以前生氣時確實有闖下大禍。當時我費了好大一番工夫才把她哄住。」

或許是聽了我這番話後想起了什麼，只見菲特馮將自己藏身在堆積成山的料理後頭，似乎感到十分羞恥。

「別說這些了。明天我會去接委託，你們應該沒別的事吧？」

「要說閒是挺閒的。」

「我沒什麼安排。」

「我也是。」

這下子就能確保人力了。

問題在於我們執行委託的期間，要把菲特馮託給誰照顧。

這孩子聰明伶俐，讓她留在公會裡應該沒問題吧？

「菲特馮。明天我們要去接委託賺錢，妳可以在這裡等我們嗎？」

「不要。我也要去。」

「不可以耍賴。我們會跟怪物打架，很危險喔。」

「我討厭尼。」

「咕啊！」

她把溫柔勸誡的琳恩狠狠一腳踢開。

菲特馮頂著一張外人也能一目瞭然的臭臉，看樣子是真的很討厭琳恩。她已經可以把感情外放到這種程度了嗎？

「小妹妹，真的很危險啦。要是被怪物攻擊了怎麼辦？」

「我會搭倒怪物。」

「哦，真是可靠呢。哈哈哈！」

泰勒他們以為菲特馮在開玩笑，不禁笑出聲來，但菲特馮是認真的。

「我覺得帶上她也無妨。」

「啥？你在說什麼啊？我們不是要去玩耶。要是有個萬一該怎麼辦！」

明明被討厭成那樣，卻還是發自內心感到擔憂啊。

奇斯他們也很擔心菲特馮，不停說服她，她卻十分堅持地不肯點頭。

就算外型變了，這一點卻一如往昔啊。

「別擔心，我一定會好好保護她。而且你們也不會在戰鬥中拋下她不管吧？」

「那還用說。如果只有你，我就會毫不猶豫地丟下你。但我會賭上性命保護這孩子。」

「那我保證絕對不會接下任何危險的委託，就可以帶她一起去了吧？依她的個性，就算我們把她留在這裡，她也會默默跟過來。」

「我也要去。」

她理所當然地用力點頭。

「如此一來，把她帶在身邊保護她，反而才是安全之策。」

「可是，泰勒。有個小孩在旁邊打轉，感覺綁手綁腳的。逼小孩子乖乖地別惹事，也有點不人道。」

「奇斯，你說得也對。但我們也不能讓小孩子隨意行動，讓她暴露在危險之中啊。」

雖然泰勒和奇斯徹底陷入苦惱，但我覺得沒必要認真考慮到這種程度。

沒參與兩人對話的琳恩忽然站起身子。

「我有個好主意，先去準備一下。明天見。」

沒等我們回答，琳恩就衝出公會了。

雖然對奪門而出的琳恩有些在意，但更重要的是……菲特馮一直拚命追加點餐的費用，我該怎麼辦才好呢？

6

「──感覺睡得很香呢。」

我溫柔地撫摸睡在身旁的菲特馮的身體。

第一次見面時，她明明嚇得半死，對我充滿戒心，讓我費了好大一番功夫哄她，但她的本性其實直率又溫柔。

看她像這樣展現出毫無防備的睡姿，我鬆了口氣。

「感覺像在利用妳似的讓我有點心痛，但一切都是為了這個國家的公主殿下。」

我低聲呢喃著辯解之詞，強迫自己接受現實。

從壞人手中救出菲特馮後，我一直照顧著她。起初雖然充滿困惑，但我們選擇互相妥協，如今她已經黏著我不放了。

自那天起，於我而言，她就成了繼公主殿下之後最重要的存在。我們經常一起行動。今天我們從一大早就瘋狂地大鬧了一場，她應該累積了不少疲勞，如今睡得很沉。

窗外的夜空綴滿星辰。雖然公主殿下一逮到機會就說「讓我騎龍嘛！」，但沒有國王陛下的允許，我自然不能放行。

這點小事她應該明瞭，卻總是鍥而不捨地開口要求。

尤其最近幾乎天天吵……我明白箇中緣由，但我的立場無法直接挑明著講，於是每天都在跟她打迷糊仗。

「結婚啊。既然是一國公主，自然會有未婚夫了。她還真是不懂事。」

我只能以一名騎士的身分，守護那位大人了——

醒來後，我搔了搔頭。

……今天的夢應該是被菲特馮影響的吧。

「好，打起精神賺錢去嘍。」

我在馬廄中醒來。在我身邊舒適地呼呼大睡的人，不消說，自然是菲特馮了。

雖然夥伴們和公會的冒險者都說要幫忙出住宿費，但她全數拒絕，跑來馬廄跟我一起睡。

如果身旁是漂亮大姊姊，我絕對舉雙手歡迎。但現在這個場面挺糟糕的。

「要是被別人看見了，誤會可能會加深。」

蘿莉控嫌疑留給和真去扛就夠了。如果這種流言傳出去，女人就不會靠近我了。

我叫醒菲特馮並前往公會，發現人潮比以往少了些。

今天早上的任務委託已經貼上公布欄了。若是平常，應該一大早就有幾個人跑來看，免得輕鬆的任務被其他人搶走。

當我喝通霄的時候，看過他們好幾次。

「達斯特，你在這裡啊。」

昨晚不見蹤影後就沒再碰面的琳恩跑過來。

「等等，你不要亂動。」

「什麼什麼？喂，這綁帶是什麼鬼啊？解釋一下妳在做什麼好嗎？不要默默地纏在我身上！」

琳恩把我的話當耳邊風，將連著布袋的綁帶往我身上纏，接著又繞著我轉了一圈，露出心滿意足的笑容。

呃，所以這到底是什麼？

「噗，嬰兒揹巾比想像中還要適合你呢。」

喂，幹嘛要笑不笑的？

「嬰兒揹巾？那是什麼？」

「比起口頭說明，實際使用比較容易理解。菲特馮，過來一下。呀！不要咬我的手啦！」

「吼喔喔喔！」

菲特馮齜牙咧嘴地恐嚇琳恩。

這兩個人真的很不對盤耶。

「聽話！喂，別咬奇怪的地方！妳看，這樣就可以跟達斯特在一起嘍。」

她硬是把菲特馮舉起來，抱到我背後。

她沒抓著我，卻沒有要掉下來的感覺。

「這樣妳可以雙手並用，達斯特的負擔也會輕一點。可能會有點重啦。」

「呃，這點重量還不成問題。琳恩，謝謝妳幫了大忙。來，妳也要跟人家道謝。」

「唔……謝謝尼，討厭鬼。」

雖然不夠坦率，姑且還能開口道謝。雖然琳恩臉上掛著苦笑就是了。

跟過去全身穿戴鎧甲的時期相比，背上菲特馮的重量根本不足掛齒。

這副模樣感覺會讓好男人形象毀於一旦。雖然這一點讓我耿耿於懷，但為了大我只能犧牲小我了。

而且，聽說最近疼愛小孩的男人比較受歡迎。說不定會意外地受到女性青睞呢。

「泰勒他們還沒到嗎？本大爺難得早起耶，未免太懶散了吧。」

「這個嘛。其實泰勒和奇斯忽然丟下一句『有點事要忙』，所以不會來了。」

「啥啊啊啊啊啊啊？喂喂，昨天不是約好了嗎？現在是怎樣？奇斯就算了，怎麼連泰勒都毀約？」

「我也有向他們打聽原因，但他們說實在沒辦法過來。」

奇斯的個性有點反覆無常，所以還能理解，但泰勒絕對不可能在前一刻改口拒絕。

之所以會不約而同喊停，是不是隱藏了什麼內情？之後碰見他們再好好問清楚好了。

「喂喂，那怎麼辦？兩個人執行任務實在太勉強了吧？」

根據任務內容而定，只靠兩人應該也能完成，但琳恩絕對會以「對菲特馮來說太危險」為由反對。

這樣的話，要做好稍有風險的準備，單獨挑戰這個任務嗎？

「放心吧。我剛剛已經找好幫手了。」

此時，有兩個人從琳恩身後緩緩走來，彷彿算準時間出場一般。

「打、打擾了！今天真是個大好日子，請讓我與各位一同冒——」

「妳差不多該習慣了吧。伴手禮我就先收下了。」

緊張兮兮地拋出一長串招呼語的人是紅魔族的邊緣人芸芸。

都一起組隊多少次了，她卻還是不習慣團體行動。

「兩位前輩，今天也請多多指教……你這樣真像個老婆跑了，沒啥出息的老爸，很適合你呢。」

跟芸芸完全相反，毫無緊張感的人正是蘿莉夢魔。

聽她說出幫手兩字，我還以為是誰呢，原來是最近常見的熟面孔。

「少廢話。但妳願意幫忙的話，我倒是很感激。我去看看委託，妳們稍等一會兒。」

我在貼在公布欄上的委託中尋找是否有合適的可接，但還是討伐怪物的委託偏多，幾乎沒有安全的雜務類委託。

看到露娜正好經過我身邊，於是我叫住了她。

「吶，露娜。這些任務的內容怎麼都一面倒啊？」

她看向我，眼神頓時瞥到我的身後，這似乎讓她嚇得不輕。只見她挪開視線後，做了個深呼吸佯裝平靜。

「你也發現啦？因為這幾天冒險者都不肯接任務。不僅如此，甚至沒來公會露臉。」

露娜大大地嘆了口氣。聞言，我環視了公會一圈，發現冒險者確實不多。

「他們去哪兒了？」

「好像都跟在前幾天來到阿克賽爾的賽蕾娜小姐的身後跑。由於她會無償提供支援魔法，在冒險者之間超受歡迎……只要看到清新脫俗、溫柔婉約的美女，男人是不是立刻就會上當啊！」

「集結這麼優秀的條件於一身，當然會受男人歡迎啊。妳幹嘛眼眶泛淚啦！」

露娜不停朝我逼近，胸部也因此壓在我身上。雖然胸部的觸感讓我爽翻天，但她那副猙獰的表情卻超級恐怖。

「太奇怪了吧！怎麼這麼輕鬆就能刷到男人的好感度呢？肯定有問題！真希望她把這項技術傳授給我！」

「那就不要發牢騷了，直接去問嘛！」

我知道她很受歡迎，沒想到居然紅到這種程度。

雖然很不情願，但聽到祭司兩字，腦海中就只會浮現出充滿問題人物的阿克西斯教徒。賽蕾娜看起來就正常多了。尤其她不貪財這一點非常優秀。

但是情況居然演變至此了啊。我滿腦子都在煩惱菲特馮的事情，完全沒意識到公會產生了異變。

「我能理解那群男人沉淪的原因啦。畢竟她的胸部跟屁股都是極品，好痛！不要咬我的脖子！知道了，知道了啦！現在任務比這點小事重要對吧？」

不知是不是肚子餓了，菲特馮情緒激動地從後方咬了我一口。

「你願意處理這些任務嗎！在這種情況下積了好多委託，我正傷腦筋呢。拜託你了！現在可以追加三成委託費，你在公會積欠的餐費我也會去幫忙交涉！」

她似乎真的很傷腦筋，居然提出了如此破例的條件。

今天的小隊陣容有很多魔法師，攻擊力值得期待。依據討伐任務的內容不同，應該也能安全解決。

於是我挑了幾個相對保險的任務，就帶著琳恩等人離開公會。

討伐任務進行得非常順利。

雖然我作為前鋒打頭陣，但開始戰鬥後，她們會因為擔心菲特馮而全力釋放魔法。所以我什麼也沒做，一切就結束了。

雖然已經解決了三項任務，但剩下兩個應該也能在一瞬間落幕。

「太順利了，有點可怕耶。」

「輕鬆一點不好嗎？老是操這種無謂的心，小心變老喔。」

「怪物就交給我處理。我不會讓菲特馮受到傷害！」

「芸芸前輩實在太可靠了！」

我負責誘敵，芸芸負責在敵人逼近前將其殲滅。要是不幸敗下陣來，或是有多數敵人時，就靠琳恩各個擊破，或以蘿莉夢魔的精神魔法阻擋。

小隊中有三名魔法師，戰力雖然有點失衡，沒想到卻意外地順利。或許是因為我們不是第一次以四人陣容討伐怪物吧。

「嗯？肩膀上好像濕濕的……喂，口水、口水！」

「啾嚕～感覺豪好吃。」

在我身後以火熱視線緊盯著剛被打倒的巨大蟾蜍的人，當然是菲特馮。

她的口水像瀑布般流淌而下，肚子應該已經餓到極限了。

「芸芸，幫我把那隻大青蛙烤香一點。」

「是可以啦，但你要做什麼？」

「大小姐的用餐時間到了。再繼續置之不理的話，我就要變成滿身黏液的好男人嘍。如果妳願意幫我揹著她也行。」

我將變得濕濕黏黏的手伸向芸芸，她便立刻跟我拉開距離。

「噫噫，不要靠近我。我對黏答答的觸感有不好的回憶！我會馬上幫你烤好！」

菲特馮將烤得恰到好處的烤全蛙一掃而空。

雖然也有分一點給我們，但她似乎打算將剩下八成以上的肉自己吃完。

這時遠方傳來「砰」一聲爆炸聲響，煙霧緩緩升空。看來那個腦子有病的人又在進行每日的爆裂魔法攻擊了。

只是日常即景而已，這個鎮上的居民早已見怪不怪。

「光看她的吃相，就覺得好充實，胸口被填得滿滿的。」

「但妳的胸前卻沒有膨脹……喂，不要馬上就發動攻擊好嗎！」

「如果你先停止性騷擾發言，我就會考慮考慮。」

我只是逗她一下而已，她就要用魔法攻擊我。

「不過，幸虧妳們幾個出現在公會裡的時間正好。要是繼續耗下去，人手就不足了。」

「這不是偶然。因為我很擔心菲特馮，所以一直在公會裡監視達斯特。你們看起來不像單純的朋友，是在哪裡認識的？」

「與其說是擔心，不如說我對你們的關係有點好奇。老實說，就算你們是超越年齡差距的禁忌之愛，我也會舉雙手歡迎，請兩位放心。那麼，你們到底是什麼關係？」

芸芸跟蘿莉夢魔都藏不住好奇心，不停朝我逼近。

怎麼每個人都這麼在意啊？

因為昨天發生過爭執，琳恩可能不想再被討厭了，因此默不作聲。但我知道她只是假裝興趣缺缺，其實正在豎起耳朵偷聽。

這種時候，只要在謊言中摻雜一點真實性，可信度就能提升。

「以前她被壞人綁架，我偶然出現在現場將她救出來。在那之後，她就像這樣黏著我。」

「這不就是女孩子都夢寐以求的夢幻場景嗎！這麼小就經歷過這種事，應該會有所誤解吧。我稍微能理解了。」

「被囚禁的公主ＰＬＡＹ啊……感覺有必要呢。」

其中一個人的理解方式有點偏差，但先姑且不論。

可能因為昨天就聽過類似的說明，琳恩似乎沒什麼反應。

「達斯特先生，我之前就一直很想問，你來阿克塞爾之前是在做什麼的呢？」

芸芸才剛把問題問出口，琳恩就繼續裝成興趣缺缺的模樣，往我這裡走過來。

「我也很好奇！平常明明又渣又廢，一副無藥可救的樣子，卻懂得正規的禮儀法度，對王公貴族也瞭若指掌。」

我跟這傢伙聊過王公貴族之類的話題嗎？

不，等等。我記得……我有趁喝醉時跟她提議過，可以在春夢裡加入國王或貴族玩法。

我好像連太過細節的事情都說出口了。

「啊，這個嘛。就是那個啦。啊～等一下，現在沒時間閒聊了！」

回過神才發現，四周早已被無數隻怪物團團包圍。

被這個話題分走太多心神，結果疏忽了周遭的警備。

「怎麼會多成這樣！」

「而且種類還各不相同！我們並沒有離開阿克塞爾太遠啊。」

「難道是因為剛剛那道爆炸聲響，導致受驚的怪物們全都往這裡逃了？」

都是那個爆裂女孩害的！

由於沒人肯接討伐怪物的任務，不停增殖的怪物都一口氣衝過來了。

「菲特凴，過來！快點，我揹妳！」

「嗯。」

她早就把烤全蛙吃得一乾二淨，但我已經沒心情吐槽了。

牢牢固定住嬰兒揹巾，將她揹在身上後，我舉起武器。

雖然想找出脫逃的路線，無奈前後左右都被包抄了。

「芸芸，把後方的敵人全數弭平！琳恩、蘿莉莎，麻煩拖住左右兩邊的敵人。正面的敵人由我來對付。」

「你那邊的怪物最多耶！而且你還帶著孩子，不要逞強！」
「因為有這孩子在，我就得逞強才行。擔心的話，就趕快掃蕩妳那裡的敵人吧。」
沒時間再繼續廢話了，我拔劍出鞘，與怪物對峙。
有哥布林也有狗頭人。平常這些怪物並不會一起行動，是因為這場騷動才一起逃竄嗎？
「達施特，達施特。」
「抱歉，我現在有點忙。待會兒再說好嗎？」
「尼不用長槍嗎？」
「……嗯，有諸多原因啦。」
以前我總是在這孩子面前揮舞長槍。現在要是有一把長槍，情況就大不相同了。但強求虛無之物也毫無意義。
正當我想著這些事時，怪物們已經大舉攻過來了。
「唔喔，好險！」
我躲過攻擊並揮劍劈斬。輕輕往橫一劈，就把哥布林一分為二了。
我維持這股攻勢，將一旁狗頭人的頭一刀砍下。
……雖說是小咖的怪物，但未免也太弱了吧？
攻擊也非常遲鈍，輕輕鬆鬆就能避開。

「怎麼回事，你的狀態很好嘛！」
身後傳來琳恩興奮的嗓音。
原來不是敵人太弱，只是我的狀態不錯嗎？
「達施特，是我的功勞。」
背後傳來一道有些驕傲的聲音。
「……原來如此。既然有妳在，我就不可能輸！」
我用可靠穩重的嗓音對身後的人這麼說，便往那群怪物直衝而去。

7

本來以為會打得很辛苦，結果我轉眼間就將眼前的怪物全數掃蕩完畢。於是我向陷入苦戰的琳恩等人伸出援手，總算將所有敵人成功擊退了。
「呼、哈、哈……感覺把一輩子的工作量都做完了。應該可以讓我躺著過完一生了吧？」
「撐、撐不住了，魔力也見底了。」
「對不起，我也消耗太多魔法了。」

「再繼續打下去，我晚上就不用工作了～」

雖然我也很累，但大家都已經瀕臨極限。

沒想到其他冒險者偷懶不做任務的影響會如此深遠。但願怪物也能好好平息一陣子。

我們拖著筋疲力盡的身軀，好不容易回到公會。

雖然很想吃飽飯好好歇息，但得先拿到吃飯的錢才行。看到露娜站在櫃檯後頭，我揹著菲特凴走過去。

「我回來了。任務完成，快給我錢。」

「辛苦了。好的，各位已完成委託，請點收。」

我確認了一下委託費……這會不會太多了？

難得露娜會算錯錢。我就先默默收下吧。

我直接默不吭聲地準備掉頭離去時，卻被人一把抓住手臂。

「幹嘛啊，露娜？」

「這筆錢還包含另一項任務的費用。因為又發生了一件麻煩事，希望各位能予以協助。」

她的微笑雖然一如往常，卻充滿莫名的魄力。那張笑容的背後究竟隱藏了什麼內情？

我心中只有不祥的預感，便想開口拒絕。

「吶，我有權拒絕嗎？既然是麻煩事，就請和真他們幫忙好嗎？我的麻吉對麻煩事已經司空見慣了。」

他可是天天都要跟只會闖禍的人為伍的優秀人才。和真應該很適合危機處理的工作吧。

「和真先生似乎在忙其他事情。值得信賴的冒險者只剩下達斯特先生一行人了。只要能解決這個問題，你們的負擔也會減少一些，拜託各位了。」

她的語氣彬彬有禮，但被她抓住的手臂卻發出了壓輾聲。她應該不肯放我一馬吧。

「知道了，我聽聽就好！至於要不要接受，那是兩碼子事！」

「非常感謝你。老實說，有人看見鎮上出現了一些言行舉止怪異的冒險者。我們還收到了許多居民的抱怨。」

言行舉止怪異？

本來我只想聽一半就隨便帶過，但這一點讓我耿耿於懷。

「說清楚一點。」

「好的。有別於對賽蕾娜小姐著迷的冒險者，鎮上出現了會行使暴力、口出譫言，行為古怪的冒險者。有幾位已經遭到警方壓制，關進大牢裡了。」

「什麼啊？應該只是普通的醉漢吧。這種人在晚上的公會或居酒屋裡到處都是。」

畢竟這裡的人幾乎每晚都會舉辦宴會。

醉得一塌糊塗的傢伙也隨處可見。

「是啊。如果是在公會或居酒屋還算好，但他們白天就會在街上大肆胡鬧。這樣一來，冒險者公會自然不能坐視不管。但我們的人力本來就不足……」

「言行舉止怪異啊。被逮捕的那些人有什麼共通點嗎？」

「嗯……這倒是沒有。啊！雖然只是湊巧，不過逮住那些失控冒險者的人，好像是巴尼爾先生。」

「是老大啊？那我待會兒去找他問清楚。」

既然要找巴尼爾老大打聽情報，就把她們也帶過去好了。

要是我一聲不吭地離開，之後她們應該會滿腹牢騷。

去找巴尼爾老大之前，我先從目擊者口中問出了情報。

琳恩依舊不太會應付老大，所以在公會裡待命，不與我們同行。

收集各方情報後，我發現一項事實。除了冒險者之外，也有幾個居民陷入失控狀態。

「呃，症狀似乎是失去理智、性格變得暴戾，還會看著莫名其妙的方向大吼大叫。」

芸芸如我所料地跟了過來，單手打開記事本這麼說。

她最近好像看了偵探大顯身手的小說，還沉浸在那氛圍之中。

「比起耍酒瘋，我覺得這些人的行為更像是被施了幻術魔法。又或是詛咒之類的。」

跟著我行動的另外一人——蘿莉夢魔會使用精神相關的魔法，所以有點頭緒。

畢竟她是惡魔，具備了詛咒相關的知識。說不定會有意外不錯的表現。

「可能有個不知打哪兒來的魔法師，帶著半開玩笑的心情在街上施展了魔法，或下達了某種詛咒。可以在阿克塞爾隨機施展魔法的人……我心中只有一個人選。但那傢伙只會用那種魔法而已。」

我瞥了芸芸一眼，她就立刻縮起身子，彷彿自己的事般羞恥不已。

她應該發現我在說誰了。

「既然如此，就是詛咒嘍？去教會打聽看看吧。從這裡出發的話，雖然是阿克西斯教會比較近……但還是去艾莉絲教會吧。」

所有人都用力點頭。

沒必要刻意把事情搞得更複雜。跟阿克西斯教徒扯上關係準沒好事，我已經經歷過太多次了。

抵達教會後，蘿莉夢魔便與我們拉開距離，選擇在遠處觀察。畢竟阿克西斯教跟艾莉絲教都是以痛恨惡魔聞名。

我敲敲教會的大門，便有一位祭司裝扮的女子走出來。

「請問有何貴幹……啊啊，大家快過來！那個無禮的男人還沒嘗到教訓，居然又找上門來了！」

「怎麼大呼小叫的呢……啊啊啊啊啊！是侮辱艾莉絲大人的神靈之敵！」

她們一看到我的臉就發出尖叫，還不由分說地把我痛打一頓。

「妳們幹嘛啊！好大的膽子，居然敢對善良小市民施加暴力！」

「誰是善良小市民啊！別說你忘了自己潑過什麼髒水喔！」

這些人幹嘛氣成這樣啊？說我潑髒水？簡直莫名其妙，我完全不記得。

「喂喂，高貴的神職人員還是不要隨便挑釁比較好喔。」

「這個男人真的忘了嗎？不會吧？」

「等等，我現在回想一下。啊，是不是我沒錢的時候，去慈善賑濟活動排隊好幾次，還嫌棄口味太清淡那件事？還是我跟艾莉絲教的老爺爺說我見過女神艾莉絲，想請他在經濟方面支援我那件事？」

「達斯特先生，你這個人真是……」

芸芸用充滿侮蔑的視線注視著我。

妳幹嘛嚇成這樣？

「……不只這樣吧？」

「『艾莉絲教的祭司，胸部大小真的跟虔誠度成反比耶。唔嘻嘻嘻！』說這話調侃的人不是我，是奇斯喔？」

「……當時揍人的不是我，是瑪莉絲。你還做過其他事情吧？」

她雖然頂著笑容回答，感覺卻更駭人。

我還做過其他事情嗎？我已經沒啥頭緒了耶。嗯。

「沒有吧。」

「『聽說女神艾莉絲的胸部是墊出來的，但這個艾莉絲教徒胸部這麼大，不會被女神逐出教嗎？再說，這對胸部是真的嗎？兩位的胸部難道不是墊出來的嗎？如果不是的話，麻煩當場展示給我看，以茲證明！』你跟達克妮絲大人在一起時說過這種話，別說你不記得了。」

她說得慷慨激昂，甚至還刻意模仿我的聲調，但我一點印象也沒有。

「我說過那種話嗎？」

因為完全不記得，於是我疑惑地歪頭。結果一記灌注全力的右鉤拳直接揮向我的臉。

「混帳！妳是祭司，居然敢打人！」

「讓艾莉絲大人和女人尊嚴受創的傢伙，用對付不死怪物的方式對付他們就行了！這是我剛剛決定的！」

「喂，採取多數暴力太卑鄙了吧！侍奉神靈之人怎麼能在這麼小的孩子面前動用暴力呢？看看她那雙渾圓的雙眸……芸芸？喂，別把菲特馮帶走啊！」

我一轉頭就看見芸芸的背影。她扛著菲特馮，朝遠處的蘿莉夢魔身邊狂奔而去。

我被艾莉絲教徒團團包圍，已經無路可逃了。

「先冷靜下來好好談嘛。女神艾莉絲應該也不喜歡無益的紛爭吧？」

「「「少囉嗦！」」」

8

「可惡，居然把我海扁一頓，還沒幫我治療，把我扔在原地。真不敢相信。」

她們明明是祭司，卻無視在地上渾身痙攣的我，直接返回教會。

我好不容易站起身，在遠處旁觀的芸芸等人便走過來。

這群人真是無情。

「什麼也沒打聽到嘛。這全都要怪達斯特先生。」

「你還真了不起，居然跟艾莉絲教為敵。」

「嘿咻、嘿咻。」

一個無言以對，一個對我表示欽佩，另一個則默默地爬上我的背，自己鑽進嬰兒揹巾裡。

她似乎認為那裡就是她的固定位置了。

「現在的問題是，待會兒要去阿克西斯教會打聽消息，還是裝作沒這回事？採多數決吧。贊成去阿克西斯教會的人舉手。」

因為沒人舉手，總之還是去找老大吧。

「打、打擾了。」

「巴尼爾大人，需要幫忙嗎？」

「老大，有點事想問你。」

一打開魔道具店的門，就飄來一股香氣。

老闆維茲又跟平常一樣，渾身焦黑地倒在地上了。

「哦？想盡一份心力的話，就把倒在地上的垃圾丟出去吧。」

「遵命～我知道了～呵呵呵～～」

蘿莉夢魔勾起一抹微笑，手法純熟地把維茲扛到別的地方去了。

「邊緣混混也在啊？吾現在正忙，如果想光看不買，待會兒再上門吧。」

「邊緣混混？請不要把我跟達斯特先生混為一談好嗎！」

老大真是妙語如珠。

「對了，維茲又做了什麼好事？」

「汝願意聽吾抱怨嗎？吾進了一大批曼德拉草，準備當作藥水的材料。結果她誤以為那是從鄰居那裡分到的蔬菜，簡直豈有此理……而且還免費送給別人！」

「曼德拉草就是那個可怕又稀少的植物型魔獸，拔出來時會發出慘叫，聽到慘叫的人就會喪命對吧？」

「沒錯。雖然免費送出去讓吾很火大，但還有更嚴重的問題。若經過適當處理，曼德拉草可以變成昂貴的藥材，但直接服用則會傷身。吾已經將送出去的曼德拉草回收了，但仍有部分不知所蹤，真是傷透腦筋。」

也難怪他會氣成這樣。

我聽到耳邊傳來低語聲，連忙回頭看，便與一臉肅殺的菲特馮四目相接。

「達施特，遮個男人很危險。」

「哦，汝怎麼揹了個這麼稀奇的玩意兒？哇哦，居然能在這種地方看到這種東西啊。」

明明被人瞪著看，巴尼爾老大卻毫無畏懼地湊上前來。

幼女在極近距離下瞪著嘴角不停上揚的面具男。在旁人眼中，這個畫面應該很奇妙吧。

「別擔心，雖然老大是惡魔，個性有點古怪，也稱不上是人畜無害，但他並不是敵人。冷靜點。」

「……既然達施特這麼說，那就算惹。」

雖然她差點就要衝上前去，但還是忍了下來。

不過，該說真不愧是老大嗎？居然一眼就看穿菲特馮的真面目。

「抱歉，在你正忙的時候打擾你。但老大似乎逮捕了在街上作亂的冒險者，我想跟你仔細打聽一下。」

「原來是這件事啊。當時吾正忙著回收曼德拉草，就出現發出怪叫失控作亂的人。吾只是順便揍了他們一頓而已。」

只是偶然路過嗎？感覺得不到值得期待的資訊。

「他們當時的症狀，跟服用曼德拉草時的症狀非常相似，這一點讓吾有些在意。但應該沒什麼大不了的。」

「哦，是嗎？……等一下，老大。那絕對是服用了曼德拉草的症狀吧？」

居然輕輕鬆鬆就抓到真凶了。

而且還連帶完成了任務……看來沒辦法。

「順帶一提，那些不知所蹤的曼德拉草，數量還剩多少？」

「唔，根據吾打探到的消息，在她免費分送的時候，似乎有個厚臉皮的傢伙搶了一大堆就跑了。所以剩下的恐怕都在那個人手上。不過對方實在不好對付。」

連老大都說不好對付，可見不容小覷。

還以為這個工作可以輕鬆搞定呢，結果情況沒這麼簡單。

「讓巴尼爾大人提高戒心的對手會是何方神聖呢？」

「拿走曼德拉草的，偏偏就是……阿克西斯教徒。」

「「「啊～」」」

所有人同時瞭然於心。

可說是惡魔的天敵呢。

如果可以的話，我也不想招惹那些人。但不幸的是，最近不知為何常跟他們扯上關係。

和真那邊的阿克婭就不用說了。我在埃爾羅得時，也不小心認識了疑似阿克西斯教最高負責人傑斯塔。

老實說，我真的不想再接近他們了。

「唔，汝等來得正好嘛。能不能幫個忙，從信仰那個無腦愚蠢女神的集團手中回收曼德拉草呢？吾會支付謝禮。」

「我是很想接下老大的委託啦，但我也不太會應付那群人。」

「我、我也是。」

蘿莉夢魘膽怯地舉起手來。她明明對老大言聽計從，但唯獨不敢領教阿克西斯教。

「那個，我想問一下。拿走一大堆曼德拉草的祭司有什麼特徵嗎？」

「唔。似乎是個身穿阿克西斯教神官服的女人，還說了句『好久沒吃到瓊脂史萊姆以外的食物了』。」

嗯嗯？雖然只有一瞬，但有股惡寒竄遍我的全身。我好像認識這樣的人……

這時我聽到「喀噠」一聲，於是往身旁一瞥。只見芸芸當場抱頭坐下嘆了口氣。

「妳怎麼突然這樣？撿了快壞掉的便當回來吃，所以肚子痛嗎？如果聞起來不太對勁，就要多加注意才行。酸掉的也不能吃。」

「我又不是達斯特先生，不需要這種建議。呃，我可能認識那個人。很遺憾……我對這種言行舉止有點印象。」

「這樣啊。那吾能以朋友的立場請汝幫忙嗎？在這種緊要關頭，吾只能拜託汝這位好朋友了。」

「包在我身上！既、既然是朋友之託，我絕對不會拒絕！」

「「太好騙了。」」

看到老大暗自竊笑的模樣，我跟蘿莉夢魘異口同聲地這麼說。

對我們來說，目前進度也算順利，就順著這個流程繼續處理吧。

阿克西斯教的阿克塞爾本部，是地處郊外的一座教會。我在想是不是要到那裡去，結果我們的前進方向卻是富豪群居的上流地段。

為什麼我們會知道阿克西斯教的教會建在郊外呢？因為鎮上的居民都警告我們不准靠近那裡。

特別是鎮上的孩子們都被父母嚴正告誡，所以誰也不敢靠近。

「那個祭司住在這裡嗎？阿克西斯教感覺很沒錢耶。喂喂，不會吧……這不是豪宅嗎！」

眾人眼前是一幢雄偉宅邸。雖然和真家也很大，但跟這棟豪宅根本沒得比。

小氣吝嗇的祭司真的住在這種地方嗎？

「明明住在這種豪宅裡，卻要搶別人的蔬菜？」

蘿莉夢魔的疑問非常合理。我也在想同樣的問題。

「呃，這是團員……我朋友租借的房子，類似祕密基地，她不知不覺就住下來了。她待在這裡的時間應該比在教會時還要長。」

現在才剛過中午。如果是阿克西斯教的祭司，這個時間點應該在進行慈善賑濟等活動。看來那位祭司什麼也沒做，正在偷懶摸魚。

「以一名神職人員而言，這樣沒問題嗎？……也對，畢竟是阿克西斯教。」

「畢竟是阿克西斯教。」

冷靜想想，既然是阿克西斯教，那也沒什麼好驚訝的。

眾人理解後便移動至宅邸的大門前。就在此時，蘿莉夢魔往後退了幾步。

「我就不奉陪了，請各位與她談話吧。」

「她雖然有點怪，但沒有那麼壞……也不算是人畜無害……呃，應該沒問題吧？」

「口氣再更有自信點好嗎？這樣只會讓人更懷疑而已。蘿莉莎跟阿克西斯教有點過節，心裡有些不太好的回憶。我對阿克西斯教徒也只有不愉快的回憶就是了。」

「……我也有過很多次經驗。強人所難不太好。我明白了，那蘿莉莎就留在這……啊！」

芸芸發出一聲驚叫。她的視線前方出現了一名祭司。

祭司張開雙手，手指不停扭動，還帶著可疑的眼神逼近蘿莉夢魔身後。但蘿莉夢魔卻完全不知情。

接著，祭司就這麼從她身後用力抱緊。

「呼耶！」

「抓到小蘿莉了！來，妳想入教嗎？還是想入教呢？或是妳想入教？放心吧，我們的蘿莉名額還有空缺！」

「呀啊啊啊啊！救、救命啊！我要被迫加入阿克西斯教了！我要被加入了～～～！」

女祭司緊緊擁著失控的蘿莉夢魔，絲毫不肯鬆手。

雖然很想出手幫忙，但看到那張臉之後，猶豫之情便油然而生。怎麼偏偏是最可怕的預感成真了啊。

「賽西莉小姐，請妳放開她！那孩子不想入教，況且這裡也不是教會。」

那個女祭司叫做賽西莉啊？

雖然見過幾次面，我卻不知道她的名字。

「哎呀，說得也是。比起教會，我最近更常在這裡悠哉耍廢。大姊姊搞錯了呢，欸嘿！」

賽西莉輕輕地敲頭吐舌。

我在賭博王國埃爾羅得碰見的有病阿克西斯教徒，她就是其中之一。

「妳跟那傢伙認識啊？」

「是的，有諸多原因。」

「芸芸也來了啊。繼依麗絲跟惠惠之後，妳又招募了新的蘿莉小夥伴呢。」

「等、等一下，賽西莉小姐！我不是說這件事要保密嗎！」

小夥伴？而且她剛剛是不是說了「依麗絲」？依麗絲就是貝爾澤格王國的第一王女，愛麗

絲的假名。

啊，原來如此。前陣子芸芸跟惠惠和依麗絲結伴，不知道在玩什麼把戲。當時她們在調查我的底細，說我如果是傳說中的龍騎士，就要跟我結夥之類的。

如果這間宅邸也是靠愛麗絲的權力入手的話，那就能理解了。

「有點淫靡的粉紅色頭髮，配上沒啥曲線的平板身形，真是不錯呢。完全是大姊姊的菜！奇怪，但這個味道好像有點……」

「放開我，拜託快放開我！達斯特先生，救命啊，達斯特先生──！」

蘿莉夢魔發出淒厲的慘叫不停掙扎。由於在阿克西斯教徒的總部阿爾坎雷堤亞，以及埃爾羅得碰過那些事，阿克西斯教徒已經完全變成她的心靈創傷了。

但賽西莉絲毫不在乎她的反應，從身後嗅聞她的頭和脖子，並疑惑地歪頭。

雖然不知道她的嗅覺有多靈敏，但之前傑斯塔說過，可以用氣味分辨出惡魔。要是放任不管就太危險了。

「喂，變態祭司，放開蘿莉莎。妳看，她都哭了。」

「謝謝尼，我曾的好害怕。」

她真的在哭耶。雖然知道她很害怕，但抱著我的時候，別把鼻涕跟眼淚擦在我身上啦。

「我居然把小女孩弄哭，大姊姊都驚呆了。但小女孩神情膽怯的模樣，也讓我有點興奮難耐呢。」

還是想辦法處理掉阿克西斯教比較好。

滿臉通紅、粗喘著氣說話的樣子，簡直就是變態。

「不要尋求共識好嗎！我不是來找妳談這件事的。賽西莉小姐，妳最近是不是拿到很多蔬菜？」

如果知道那些蔬菜就是曼德拉草，或許會被惡意利用或轉賣。芸芸可能是懼怕這一點，才用一般的「蔬菜」一詞進行提問。

要是沒處理好，分送的維茲跟巴尼爾老大可能都會被興師問罪。

「啊啊，妳是不是在問那個啊？因為有個感覺命運很坎坷的女人在大量分送蔬菜，我就抓緊這個大好機會，盡可能拿了一大堆就逃跑了。但有什麼問題嗎？事到如今才說要拿回去，也已經沒有了喔。」

「咦咦？已經沒了嗎？呃，妳拿到的那些蔬菜到哪兒去了？」

「這個嘛，雖然我很想吃，但那些蔬菜的外觀實在太像人類了，我覺得有點噁心，所以就拿去當作慈善賑濟的食材了。妳想想，最近那個名叫賽蕾娜的可疑祭司，不是多了很多信徒對她狂獻殷勤嗎？我想跟她對抗，把一些人拉攏到阿克西斯教，所以就學艾莉絲教的做法，舉辦慈善賑濟活動。」

「妳居然把自己不太敢吃的食材放進慈善賑濟的食物裡！」

「咦？妳在說什麼，我怎麼聽不太懂？」

「給我聽懂啦！這個話題又沒有多難懂！」

阿克西斯教真的很難應付。尤其是這傢伙和傑斯塔，光跟他們講話就累死了。

「可是我有請人試吃耶。一個每天開黃腔的信徒因為太好吃而深受感動，還一邊用頭捶牆興奮地大喊『超爽的啦！』，我想應該沒什麼問題。」

「……根本大有問題。」

躲在我身後的蘿莉夢魔喃喃低語道。

明明嚇得半死，還有辦法吐槽啊。

這樣一來，那些暴徒的真相就水落石出了。

「那些蔬菜還有剩嗎？」

「咦？我是不是在哪裡見過你？」

「妳還記不得我的長相啊？我一直在埃爾羅得碰見妳耶。」

「啊，好像是。因為我只對帥哥和美少女有印象，所以忘得一乾二淨。但已經無所謂了。我已經記住你是個揹著可愛銀髮幼女的某個人了。」

這傢伙根本只顧著看我背後嘛。只要嬌小可愛，她就來者不拒嗎？

菲特馮緊緊攀在我背上不肯離開，彷彿從她的視線中嗅到危險的氣息。

「放心吧。我不會在她面前把妳放下來。我絕對會好好保護妳。」

「嗯。」

「請你也保護我好嗎！為什麼只對菲特馮溫柔啊，我覺得偏心是不對的！」

蘿莉夢魔也緊抓著我的背不願鬆手。

「回歸正題吧。那些蔬菜已經一點也不剩了嗎？」

「呃，呃呃，那當然。因為已經全部用完了，要是有什麼萬一，也不會留下任何證據！一切與我無關，我是清白的！」

「看妳這個態度……妳知道鎮上的騷動吧？」

……顯然可疑至極。

剛剛那個反應，就像明確知道自己幹了什麼好事似的。

她的眼神慌亂地四處游移，完全就是個可疑人物。

「我、我什麼都不知道。我是一名虔誠的信徒，所以待會兒得去參加禮拜才行。非常抱歉，各位請回——」

「賽西莉小姐，我已經照妳的指示，把那個奇怪的蔬菜扔到遠處的森林了。妳什麼時候才要給我報酬啊？」

有個拉著推車的中年大叔打斷了她的話。看他頭上纏著繃帶，應該就是負責試吃的那個黃腔信徒吧。

用剛剛的發言進行推導後，真相就只有一個了。

「這傢伙要湮滅證據！」

「我、我聽不懂你在說什麼！你應該還不到痴呆的年紀吧？來，給你瓊脂史萊姆，給我滾一邊去！快點！」

「這跟之前說好的不一樣耶。妳明明答應我，會把新進祭司剛脫下來的熱騰騰小褲褲送給我——」

賽西莉硬是將瓊脂史萊姆的粉包塞到大叔手上，像在驅趕蚊蟲般把他趕走了。

雖然出了一堆問題，但姑且算是解決了。待會兒還是把丟在森林裡的東西找出來比較好。這樣鎮上應該不會再傳出災情了吧。

「這樣就解決了。好，去找老大要錢，再去吃飯吧。」

「可、可是，說不定還有人受害啊。公會那邊說得過去嗎？而且這樣就算解決的話，巴尼爾先生會同意嗎？」

經她這麼一說，我也很懷疑公會會不會把委託費交給我。

原本的委託內容，本來就只有查明被害原因並加以制止。

做白工實在太愚蠢了。既然如此，應該再搬出一點工作完的成果才對。

「那就抓兩三個吃完蔬菜失控的人回去就行了吧。喂，那個腥羶色祭司。」

「難道你是在叫我嗎？」

「不然還有誰啊。妳沒有在其他地方舉辦慈善賑濟吧？另外，妳有把蔬菜拿給其他人嗎？別再撒謊了。」

「我對阿克婭大人發誓，絕無欺瞞。慈善賑濟的食物只有我們吃而已，其他人沒有……啊！呃，剛剛的誓詞可以改成對傑斯塔大人發誓嗎？」

「最好是可以啦！根本滿口謊言嘛！喂，快給我從實招來！」

這傢伙太不會說謊了吧。

從賽西莉口中逼問出曼德拉草的下落後，我們立刻趕往現場。

「再這樣下去會被抓到啦！」

「被抓到的話，後果一定不堪設想～～～～！得快點逃走才行！」

「閉上嘴快跑！不然會咬到舌頭喔！」

我現在抓著一個大鍋全速奔逃。

滿臉猙獰地跟著我一起跑的人是芸芸和蘿莉夢魔。
緊追在後的團體……是艾莉絲教的祭司們。
「別再跑了！如果你們立刻停下腳步，我會大發慈悲地寬恕你們！」
「妳揮著菜刀說這種話，根本沒有說服力！」
情況會演變至此是有原因的。
因為賽西莉舉辦慈善賑濟時，就只有曼德拉草一種食材，所以她把曼德拉草硬塞給艾莉絲教徒，搶了他們的肉。
我解釋來龍去脈，打算阻止這場慈善賑濟活動，但他們根本沒把我的話聽進去，話題毫無進展，於是我把鍋子搶走，就變成這樣了。
「被抓到的話，不知道會有什麼下場！給我死命地跑！」
好不容易擺脫那些教徒後，我將鍋子裡的東西處理掉，準備前往下個目的地……結果又再度全速狂奔。
「別小看阿克西斯教，你們這群蔬菜小偷！」
叫罵聲和一團沙塵從後方逐步逼近。

我回頭一瞥，發現十幾個阿克西斯教徒火冒三丈地衝過來。

「為什麼不好好解釋，請他們還給我們啊！根本沒必要搶吧！」

「那群人一看到我，就一直嚷嚷著『金髮小混混』，吵死人了！與其浪費唇舌交涉，直接搶過來比較快吧。如果對方是阿克西斯教徒，就算手法有些粗暴，警察也會當作沒這回事，所以不用擔心啦！」

「不是這個問題吧！不要因為麻煩就半途而廢好嗎！要是惹巴尼爾大人生氣，我可不管喔！」

起初我也是老老實實地請他們把蔬菜還給我，但是……

「已經拿到手的東西，哪有還回去的道理啊？無論如何都要還的話……知道該怎麼做吧？如果小蘿莉眼神冷漠地踩著我的屁股，對我臭罵一頓的話，我倒是可以考慮看看。」

「那位大姊姊給我揉一下，我就還妳一根曼德拉草，如何？」

「用嬌滴滴的聲音喊一聲主人，我就考慮一下。」

這群傢伙卻拋出一大堆慾望滿盈的要求。明明是從賽西莉那裡免費拿到的，厚臉皮也該有點限度吧。

於是我假裝聽從所有人的要求，讓他們交出蔬菜後，就默默地一把搶過拔腿就逃。

「他們是罪犯，抓到之後就可以讓我們為所欲為吧！我要負責對小蘿莉言語凌辱！」

「啊，你這傢伙太狡猾了！那我要對那個乖乖牌性騷擾！」

「我想對那個大哥哥上下其手！」

……居然說出如此駭人聽聞的話。一股寒氣竄過我的背脊。

所以我才不想跟阿克西斯教扯上關係嘛！

「被他們抓到的話，下場會比被艾莉絲教徒抓到更慘吧！」

「我最討厭阿克西斯教啦啊啊啊啊啊啊啊啊啊啊！巴尼爾大人，救命啊——！」

兩人將我遞過去的曼德拉草抱在胸前，淚眼汪汪地狂奔。

「給我全速逃跑，就算腳都跑斷了也無所謂！被抓到的話，我們就看不到明天的太陽了！」

我們死命地在阿克塞爾街上四處逃竄。

9

「……就是這樣。我覺得我們已經盡力了。」

我來到魔道具店匯報成果。店裡還瀰漫著一絲維茲的焦香味。

芸芸和蘿莉夢魔已經筋疲力盡地趴倒在地了。看她們時不時會抖個幾下，應該還活著。

「看樣子騷動並沒有擴大呢，暫時可以安心了。收下這些謝禮吧。」

「謝啦，老大。如果還有其他問題，儘管告訴我。」

「唔嗯。吾倒是沒什麼問題，但近期之內，汝可能會過來找吾幫忙呢。」

老大又在說這種耐人尋味的話了。

這種話我平常只會隨便聽聽，但老大的預言都會成真。

「嗯，到時候就麻煩你嘍。」

反正近期內，我應該還會來這裡走一遭吧。我這麼心想，就離開魔道具店了。

「我去幫巴尼爾大人嘍～」

「這樣啊，再見。芸芸妳呢？」

「咦？呃，我也要去找惠惠了。要是跟帶著小孩的達斯特先生走在一起，感覺又會傳出奇怪的謠言……如果謠言更進一步，演變成我和沒出息的小混混老公生了這個孩子，我不只會沒朋友，也沒臉走上街頭了。」

這傢伙根本是在杞人憂天。

她現在也沒朋友啊，不管傳不傳謠言都沒差吧。

在店門口跟蘿莉夢魔和芸芸道別後，我回到冒險者公會進行回報。

「辛苦你了。這樣一來，騷動就不會繼續擴大了。非常感謝你。」

這樣委託就大功告成了。可以從老大跟公會那裡拿到錢，也算是相當划算。

平常我一定會拿這筆錢到處揮霍，但肚子咕嚕咕嚕叫的聲音一直在我身後響個不停。

「達施特，我餓餓惹。」

「知道啦。」

唉……這些錢能撐幾餐呢？

母鳥餵食雛鳥就是這種感覺吧。如果只為了賺伙食費，我就有動力繼續工作。

「我添麻煩惹嗎？」

哎呀，不小心表現在臉上了。菲特馮一臉哀傷地盯著我看。

「怎麼可能。我們是夥伴呀，別跟我客氣。」

聞言，她開心地笑起來。看到她的笑容，我就覺得一切都無所謂了。

「咦，你回來啦？任務怎麼樣了？」

琳恩在店內一角對我揮揮手。

我把菲特馮從背上放下來，一起朝她走去。

「哦，順利解決了。雖然拿到一筆錢，但應該都會變成這孩子的餐費。」

「我懂。別藏啦，我沒要跟你拿錢的意思。不說這些了，我想跟你聊聊泰勒他們的事。」

菲特馮抓住女服務生開始點餐，琳恩與她稍稍拉開距離，把臉湊了過來。

雖然剛剛那件事讓我忘得一乾二淨，但這兩個傢伙放我鴿子，我還沒對他們降下制裁呢。

「說來奇怪，他們也一直跟賽蕾娜在一起。」

「啊啊？難道他們想退出小隊，跟賽蕾娜組隊嗎？雖說她比較有女性魅力，但應該不可能吧。她的屁股跟胸部都很讚，跟我們這裡確實不一樣，倒也不是不能理解……唔喔！」

我用雙手夾住琳恩默默揮下的魔杖。

哼，我可是一名戰士，才不會每次都那麼輕易被魔法師的物理攻擊打中呢。

「琳恩，妳還太嫩了。我才沒這麼……王八蛋，不要在極近距離下發動魔法啦！」

眼前的魔杖前端所蘊含的魔法光芒正在逐漸增強。

這傢伙居然在揮下魔杖的同時詠唱魔法。

「菲特馮也在現場，我就先忍下這口氣吧。我們可以繼續談嗎？」

「麻煩妳了。」

她的臉跟眼裡都毫無情緒，嚇死人了。

「你離開之後，我有找他們兩個談過。結果他們說『我們忙著保護賽蕾娜大人』『得保護她不受惡人襲擊才行』，根本講不通。其中一定有問題，太奇怪了。」

「奇斯是萬年處男，會變成這樣也是在所難免，但泰勒實在太離譜了。雖然他是個好好先生，也不會不說一聲就爽約。」

「就是說啊。奇斯這樣還能理解，但泰勒不是這種人。」

「……你們都不擔心起斯，他豪可憐喔。」

菲特馮鼓著兩頰吃個不停，同時開口吐槽。

我們的對話頓時中斷，但琳恩咳了幾聲，再次回歸正題。

「然、然後啊，我稍微調查一下，發現有很多冒險者的狀況跟他們雷同。」

「露娜也說過類似的話。說他們都對賽蕾娜深深著迷，完全不做事。這件事是不是有些蹊蹺？」

「對吧？而且賽蕾娜的宗派也是個未知數。如果宗派不同，就能疊加相同的魔法。因為她可以疊加艾莉絲教的魔法，就能得知她並非艾莉絲教。」

「這個國家的人基本上都信奉艾莉絲教，偶爾參雜一些阿克西斯教吧。那個溫泉小鎮就另當別論。」

雖然阿克塞爾也有很多阿克西斯教徒，但跟足以勝任貨幣單位的艾莉絲教相比，還是小巫見大巫。

「這就表示，她的宗派比阿克西斯教還要小眾嘍？情況越來越詭異了。我很早之前就覺得她行跡可疑。」

「你啊……之前不是稱讚她不貪財嗎？」

「我不記得了！通常看似清純的人，實際上都荒淫無度。賽蕾娜的外表跟內在也是完全相反吧。裝出一副正經祭司的樣子，搞不好是阿克西斯教徒呢。」

「阿克西斯教徒會用這麼兜圈子的方式宣教嗎？那些人雖然會死纏著你，還會做出驚人之舉，但馬上就會露出馬腳了。感覺像是太過忠於慾望，總會在最後關頭掉以輕心。」

經她這麼一說，阿克西斯教徒確實如此。他們應該會採取更簡單明瞭的手段。

況且他們雖然常胡搞瞎搞，但應該不會欺瞞自己信仰的神。

還是查查那個女人——賽蕾娜的底細比較好。

「對了，今天沒看到阿克婭大姊耶。她之前跟賽蕾娜有過幾次爭執。」

平常天色一暗，她都會在公會的酒吧裡吵個不停，今天卻不見蹤影。

「啊，你說她啊。她剛剛好像跟賽蕾娜在公會裡吵了一架。當時她把公會裡的酒都變成水，所以就被公會列為拒絕往來戶了。」

「她在幹嘛啊……」

因為賽蕾娜想加入和真小隊，阿克婭擔心自己立場動搖，一直與她對抗。雖然知道這一點，但沒想到她居然會做出這種事。

這樣一來，賽蕾娜是阿克西斯教徒的可能性就完全消失了。

泰勒等人的變化固然令人擔心，但我還是得先把菲特馮的伙食費賺起來才行。

「話雖如此，賽蕾娜也沒惹出什麼事端，要是貿然出手干預，我們會被貼上壞人的標籤喔……再觀察一陣子吧。在這段期間，泰勒他們可能會冷靜下來。我還得賺錢養這孩子呢。」

「嗯，說得也是。他們只是追著賽蕾娜跑而已，也沒做出犯罪行為。我現在手邊也沒什麼事，就幫你一起執行任務吧。」

到頭來，因為想不出對策，於是我們決定在收集情報的同時繼續觀察。

10

幾天後。

因為其他冒險者都在摸魚，所以我完全不必擔心任務來源，收入也逐漸穩定。雖然大部分都花在菲特馮的飲食上，但還是有些許餘額，因此不成問題……

「感覺已經不是奇怪兩字可以形容的了。」

「對啊。雖然因為任務關係，待在鎮上的時間變少了，所以沒什麼線索。但不管怎麼想都大有問題。」

到剛剛為止，公會裡的冒險者根本少到屈指可數，但賽蕾娜一到公會後……

「幸好趕上賽蕾娜大人的晤談時間了！」

「得趕快占到前排才行，否則就無法瞻仰她的尊容了！」

就有一大堆冒險者嚷嚷著這些話衝了進來，公會裡頓時擠得水洩不通。

仔細一看，我發現泰勒和奇斯也在這群人海當中。

「喂喂，不會吧？這股人氣是怎麼回事？」

本以為全是些被美色迷惑的色男人，沒想到女人還不少。

正當我疑惑這些人聚在一起要做什麼時，結果他們只是輪番傾訴煩惱，再由賽蕾娜一一回答而已。

「感覺挺正常的。我還以為她會用更色情、更違法的手段宣揚教義，沒想到只是單純的煩惱諮商。」

「不過，因為之前都沒出現過那種充滿祭司風範的祭司，感覺挺新鮮的。她似乎會體恤對方的心情，溫柔地給予建議。」

想以神職人員一職成為冒險者的人，絕大多數都心術不正，尤其在阿克塞爾當中，這種人的比例更是居高不下。到處都是貪圖金錢的祭司。

但她這樣無私奉獻的模樣……

「太可疑了。根本不能相信這種人。再說，神職人員都會用模稜兩可的言詞隨口胡謅，說要為眾人祈福。根本沒什麼本錢，卻靠信徒大量的布施賺錢。怎麼會有神職人員不宣教也不收錢呢？」

「吶，你是不是對神職人員有什麼不好的回憶？」

「如果只論阿克西斯教，那可是多得數不清啊！」

話雖如此，我對他們的教義還挺認同的。老實說，我非常羨慕他們忠於慾望、每天爽爽過的信念。

與琳恩閒聊的同時，我的視線一直盯著賽蕾娜的方向。

這時，在那個集團的稍遠處，我發現了和真一行人的身影。

雖然小隊成員全數到齊……但那個活潑好動的阿克婭此刻卻像枯萎的花朵般頹靡不振。其他夥伴們似乎都很擔心她。

當時我被金錢蒙蔽雙眼，對賽蕾娜美言了一番，但看到阿克婭的模樣，罪惡感頓時油然而生。這兩位神職人員相比，我果然還是阿克婭大姊派。

「等等，你要去哪？」

「我看到和真他們……想去叫他請我喝一杯。」

順便跟她道個歉吧。

正當我起身準備走向他們時，和真忽然衝向賽蕾娜。

和真氣勢洶洶地逼近賽蕾娜。

「今天我們兩個都好好睡一覺吧！明天開始我再認真地妨礙妳！」

說完，他就朝著賽蕾娜的臉使出一記飛踢。

賽蕾娜猛地被一腳踢飛，踢人的和真也飛了出去。

兩人都摔落在地。情況太過衝擊，在場所有人都嚇得說不出話，公會內部一片寂靜。

「……咦？」

不知是誰發出一聲驚嘆，但此聲一出，賽蕾娜那些跟班就慌了起來。

「怎、怎、怎麼回事！快替賽蕾娜大人療傷！幫忙報警！」

「抓住這個踹了賽蕾娜大人的狂徒！……這傢伙不是和真嗎！」

那群冒險者雖然亂了陣腳，但發現犯人是和真後，頓時不知該如何處置。

在阿克塞爾沒聽過和真名號的冒險者，大概只有新人或外地人。

但還是有幾個熱心的跟班展開行動，準備將和真五花大綁。這時達克妮絲為了保護和真，馬上挺身而出。

「雖然不知箇中原因，但他不是會不假思索地做出這種事情的男人！這裡由我來處置！」

「不管他有沒有那個意思，踢了女人的臉就是犯罪！雖然妳是領主的女兒，我們也絕不服從！給我閃邊去！」

「沒錯，沒錯！」

這番話無法收拾混亂的場面，所有群眾頓時一擁而上。

我看了泰勒和奇斯一眼，發現他們無所事事地愣在那裡。他們到底在幹嘛啦！

「我能理解各位的憤怒。你們就將無可壓抑的怒火發洩在我身上吧！不管是言語凌辱或拳腳相向都無所謂！或是兩種一起上也行！來吧，不用客氣！」

雙頰酡紅、粗喘不已的達克妮絲大展雙臂，展現出毫不抵抗的樣子。

……中途明明還挺帥氣的說。

有些人因為害怕而不敢出手，但怒火難消的人依舊很多，只見他們逐步朝和真逼近。

「達斯特，情況是不是不太妙？」

琳恩拉拉我的袖子，臉上浮現出焦慮的神色。

那群人居然對賽蕾娜著迷到這種地步。說不定他們真的會對無法抵抗的對手做出逾越分際的處罰。

「在警察趕到之前，爭取一點時間吧。」

雖然不知道和真是基於何種目的做出這種事，但問我會信賴哪一方，自然無需多言。

我將身上的外套脫掉，鑽進將和真等人團團包圍的人群之中。再用手帕摀住嘴，碰到誰的屁股就揉個幾下。

「呀！剛剛是誰摸了我的屁股！」

「唔嘿嘿，這個屁股挺正點的嘛。」

「哦唔！喂喂，我的屁股也被揉了一把！」

「可惡，摸錯人了！」

「有個色狼趁亂而入，不分男女地亂摸屁股，大家小心點！」

這是為了救助摯友的尊貴行為，我絕對不是在趁亂享受色狼的樂趣！希望各位不要會錯意！我連男人的屁股都摸了，這就是最好的證據！

在這種情況下又爆出色狼風波，現場變得越來越混亂了。

很好，差不多該撤退了。摸得心滿意足後，我準備悄悄地鑽出人群，沒想到卻被人一把抓住手臂。

「抓到色狼了！這個厚臉皮的傢伙，居然在賽蕾娜大人遇難時趁機作亂！各位，把他海扁一頓！」

「啊，不妙……哦！賽蕾娜的衣服敞開了，變成半裸狀態耶！」

「真的假的！……根本沒事嘛！糟糕！」

我差點就被一個冒險者逮住了，但我急中生智轉移他的注意力，立刻甩開手臂，在公會裡到處逃竄。

「明明是個色狼，動作倒是挺靈敏的！」

「本大爺的飛毛腿可是跟警察你追我跑練出來的！別想贏過我！」

「大家小心，這傢伙可是個徹頭徹尾的罪犯！」

那群人把和真扔在一旁，發了瘋似的追著我跑。就在此時，警察趕赴現場。我對在遠方座位上驚愕不已的琳恩使了個眼色，就從窗戶跳出去。

他們因為擔心賽蕾娜的安危，所以沒有追出來。所以我一逃進巷弄，就將按在嘴上的手帕拿開。

「總算是在沒有暴露行跡的狀況下解決了。等公會那邊穩定下來再回去吧。在那之前就拜託琳恩照顧菲特馮了。只要餵她吃飯，她就會乖乖不惹事。」

雖然她們感情不好，但應該能撐到吃完飯吧。

「不過，和真怎麼會做出那種事？他跟賽蕾娜之間果然出了什麼問題嗎？……那我接下來該怎麼做呢？」

要是他出於某種想法才有所行動，那我是不是別多管閒事比較好？還是先跟和真見一面再決定好了。

關於賽蕾娜一事，還有泰勒跟奇斯的問題要解決。雖然想到和真那邊問清楚，但最大的問題還是菲特馮。

雖說只是蒐集情報，但揹著孩子還是太顯眼了。

「還有伙食費的問題啊。只要有錢就能隨心所欲了。」

在這裡乾著急也於事無補，因此我默默地看著警察將和真帶走後，一副什麼事都沒有般地回到公會。

11

隔天，和真跟賽蕾娜居然在談笑風生。

發生過那種事還能相談甚歡，未免太詭異了吧。

後續似乎只把和真的行為視為妨礙諮商而已，沒有演變成暴力行為。

雖然僅有一瞬，但我確實發現賽蕾娜的表情和語氣驟變。

「啊啊，混……」她差點說出這句話，並急忙掩飾臉上的神情。

……那似乎才是她的本性。

雖然不知道和真在打什麼主意，但我相信他肯定會做出有趣的事情。

我很想就近看看他們在幹嘛，但我這邊也有事情要做。

「好，今天的目標達成了。」

「你每天都很認真工作耶。是不是史上頭一遭啊？」

任務完成後，我現在心情正好，別在這種時候潑我冷水啦，琳恩。

戰鬥過程中一直被我揹在身上的菲特馮，在怪物倒地之後便自己掙脫了嬰兒揹巾。

琳恩手法熟練地用魔法烤炙怪物，菲特馮就乖乖地在她身邊坐下。

同樣的情形已經重複好幾天了，原本氣氛緊張的兩人也稍稍拉近了彼此的距離。

「再一下下就烤好了，乖乖等喔。」

「芸芸烤得比妳更快。這裡還是生的。」

琳恩的太陽穴不停抽動。

妳們是婆媳喔？看來還要多花點時間才能和睦相處。

雖然抱怨連連，但菲特馮還是張口大啃烤青蛙。

「泰勒和奇斯還沒回來。」

琳恩看著正在吃飯的菲特馮，有些寂寥地低語。

在那之後，我們有把泰勒跟奇斯抓過來問話，但他們根本聽不進去，始終堅持「要忙著保護賽蕾娜大人」。

跟他們談過就知道了，這大概是洗腦或詛咒之類的。

雖然是成為冒險者之前發生的事，但以前將詛咒的魔道具帶在身上的同事也出現過相同的症狀。

我本來想跟和真聯手，所以到處找他。但他卻隱匿行蹤不知去向，也沒跟夥伴們告知。目前得知的情報指出，他現在正處處找賽蕾娜的麻煩。

據說刁難方式非常陰險又傷人，因此賽蕾娜的假面具就快要被揭穿了。

「和真好像有所行動了。如果情況順利，那兩個人應該就會回來吧。」

「別丟給別人處……嗯，可是她身邊有那麼多護衛包圍，應該連說上一句話都很難吧。」

或許是害怕和真的惡意刁難，賽蕾娜周圍經常有許多冒險者護衛，光是想接近她就會被驅趕。

「再等一會兒吧。在賽蕾娜身邊，應該也不可能受到虐待，或是被迫做些離譜的行徑。」

「也對。雖然眼神不太尋常，但感覺不像生病，應該沒問題。」

……別一臉落寞嘛。等那兩個笨蛋回來，我會好好唸他們一頓，懲罰他們自掏腰包，請菲特凴吃到飽為止。

回到公會後，現場一片冷清。

不是因為沒有人在，而是在公會裡的冒險者們幾乎都在獨自發呆。

應該是夥伴都跟著賽蕾娜跑了，沒辦法接任務，所以只能整天待在公會裡打發時間。

我帶了個孩子，還要看顧她，平常在公會肯定會被大家嘲笑。可現在所有人不僅沒對我語出嘲諷，甚至沒人過來打聽我們是什麼關係。

「算了，情況沒變得更複雜也好。」

話雖如此，還是得想想辦法才行。

我在這個鎮上的地位就像冒險者的頭目。

阿克塞爾的冒險者公會應該要更活潑一點才對。

腦子有病的爆裂女孩纏著瞧不起她的人大肆胡鬧，作勢阻止她、實際上卻想被人狂扁的女騎士，精通宴會技能的祭司，以及一臉困擾地看著她賣藝的我的摯友。

還有在一旁煽動這些人，笑得合不攏嘴的一群笨蛋。

「這樣一點也不像平常的公會。」

「達斯特，你怎麼了？這表情不適合你耶。」

「跟依前一樣。」

琳恩跟菲特馮分別在身旁和背後盯著我看。

我不想再看到琳恩這副擔心夥伴的表情了。

我現在所居住的阿克塞爾，本該是熱鬧非凡的城鎮，我也想讓菲特馮看看那幅榮景。

「我差不多該拿出真本事，想辦法解決賽蕾娜的問題了。」

「這樣正好。達斯特，要來幫我嗎？」

當我說出這個決定後，身後卻傳來一道意料之外的嗓音。

我轉過頭去，就看見了——我的摯友。

第三章 與白龍締結誓約

1

我在冒險者眾多的酒吧中抓了幾個熟面孔，請他們喝酒。

從和真那裡拿了一大筆資金，完全不傷我的錢包，所以我點了昂貴的酒水。

我現在正在執行和真的委託。

麻吉請我「幫他一起刁難賽蕾娜」。希望我到處放假消息，讓她的名聲一落千丈。

他似乎不打算告訴我詳細的理由，但我沒有特別深究，接下了他的委託。

可以拿到一大筆訂金也是原因之一，但更重要的是我們利害關係一致，而且這是來自和真的委託。我也正在思考是否要想辦法處理這件事。

要散布謠言，夜晚的酒吧再適合不過了。好不容易說服心不甘情不願的菲特馮，把她託給琳恩照顧後，我獨自展開行動。

我實在沒辦法揹著幼女出入夜晚的酒吧。

「吶，你知道那個叫做賽蕾娜的神職人員嗎？」

「啊啊，是現在大家都在討論的那個人嗎？她很美耶～我都想一親芳澤了。」

「聽說賽蕾娜……有個特殊的性癖。」

「特殊的……性癖？你說清楚一點！」

哦，比想像中還要感興趣呢。

「她好像超級喜歡男人的味道。特別是汗臭味這種強烈的味道，更是令她無法自拔。送她穿很久又沒洗過的襪子，她應該會很開心。賽蕾娜身邊不是圍著一堆臭男人嗎？這就是鐵證。」

她害怕被和真刁難，所以讓一群勇猛的冒險者替她護衛。

「聽你這麼一說，確實如此……喂喂，真的假的？」

這種蠢到極點的話題平常應該不會有人相信，但我讓他喝了很多順口又昂貴的酒，導致他的思考能力變得遲鈍。

再來只差臨門一腳了。

「還有，這個祕密我只說給你一個人聽，你可別洩漏出去喔。」

我忽然壓低聲量，並湊近男人的頭。

他被我嚴肅的口吻嚇了一跳，之後也神情嚴肅地點了點頭。
「其實賽蕾娜……好像是男人。」
「不會吧！」
「喂，別那麼大聲啦。我剛剛不是說只告訴你一個人嗎？」
「對、對不起。」
男人雖然連連致歉，但他的臉上早已染上了好奇心。
照這樣看來，他待會兒就會到處散布這個謠言了。酒酣耳熱之際，基本上不會有人遵守「只說給你聽」或是「別洩漏出去」這種約定。
我早已看透一切，接著繼續吹牛。
「你去問問賽蕾娜的跟班吧。她有時候好像會說出男性用語，口氣也很粗魯，還會用中性的自稱詞耶。不覺得很可疑嗎？」
「不會吧，真的假的……那麼漂亮的人居然是男的。不，等等，這好像也行？」
他雙手環胸，喃喃自語。
還在適當的時間點產生了疑心。虛實交雜的謊言就能增添真實性。
就順著這個氣勢，大肆散布謠言吧。

「──妳就用這種方式跟客人聊天吧。」

「呃，為什麼是我？」

我在夢魔店逮到蘿莉夢魔後，請她幫忙將賽蕾娜的謠言傳遍大街小巷，她卻一臉不情願。

「妳怎麼不懂啊？這對妳來說好處多多耶。」

「到處講不認識的人的壞話，怎麼會好處多多啊？」

「哎，妳有搞清楚這間店的現況嗎？看看周遭吧，根本門可羅雀。」

緩緩轉頭環視店內一圈後，蘿莉夢魔大大地嘆了口氣。

平常在這個時間點，早該擠滿沒有女伴的男冒險者。現在包含我在內，卻只有三個人。

「最近客流量確實降了不少，但這跟那位賽蕾娜小姐有關嗎？」

「大有關係呢。那個女人把男人全都搶光了。也就是說……」

說到這裡，我故意稍作停頓，吸引夢魔們的注意力。

因為沒有客人，店內十分寂靜，所以戰略奏效，我的聲音響遍四周。

確認閒閒無事的夢魔們都往我這裡看後，我用更大的音量斬釘截鐵地說：

「也就是說……賽蕾娜誘惑男人的功力比夢魔還要強！」

空氣頓時出現裂痕。

我從視野一角瞥見這群夢魔的眼神變得犀利，並逐步走向我。

「這可不能置若罔聞呢。人類祭司居然無視我們的存在，跑去誘惑男人？你的意思是，神職人員比我們這些夢魔更有魅力嗎？就算只是玩笑話，我也笑不出來呢。」

蘿莉夢魔明明在笑，一股極強的壓迫感卻直撲而來。

我是不是第一次懾服於她的魄力之下？看來，在夢魔面前，絕對不能提到「男人被搶」這種話。

雖然是明白這一點才脫口而出，但效果卻比想像中更好。

「對吧？我也不覺得賽蕾娜能贏過夢魔。那傢伙表現出一副清純的模樣，暗地裡卻嘻笑著說『我比夢魔更有魅力』。我還聽她說過瞧不起風月場所之類的話……算了，如果妳們沒興趣，那就沒辦法了。」

當我假裝放棄並站起身時，蘿莉夢魔和不知何時圍在我身邊的夢魔們就抓住了我的手。

「「「「願聞其詳。」」」」

「喔，好。」

明明被服裝裸露的美女大姊姊團團包圍，我的背卻冷汗如雨下。

2

隔天中午，菲特馮吃飽後就開始睡午覺，於是我讓她睡在旅店的房間裡，獨自走上街頭。

「與其由我來說，讓她們發聲，應該會有更多人相信吧。這樣就能在男冒險者當中迅速流傳了。」

既然那群夢魔幹勁十足，賽蕾娜的惡意謠言應該不用幾天就會在男冒險者之間蔓延了。我晚上也準備去別間酒吧，一邊喝酒一邊完成任務。

但問題出在我最不擅長的領域。

因為在居民跟女孩子的心目中，我有一——點點不值得信任。所以想請在那方面吃得開的人幫忙。

只差臨門一腳，應該就能把賽蕾娜逼入絕境。

「達斯特先生，你今天不用帶小孩啊？」

有個在時髦餐館前窺探店內，一直走來走去的可疑女子向我搭話。

仔細一看，這不是芸芸嗎？

想進去就進去啊。怕生的人是不是很難踏進第一次造訪的店家啊？

「既然有時間在這邊反覆運動，不如來幫我……還是算了。」

「說到一半就打住，讓人很在意耶。」

「這對妳來說負擔太重了，所以我才打住。我們都不想白做工對吧？」

「什麼意思啊？我可是要繼任紅魔族族長的人耶，跟每天閒閒沒事做的達斯特先生不一樣。現在的我無論是何等難關，我都有自信順利解決！」

她拍拍胸脯，身子往後仰，一副驕矜自滿的模樣。

她通過了我先前婉拒的那個族長試煉，所以有點信心了是吧……囂張至極的態度真討人厭。

「自信滿滿嘛。那就請妳幫個忙吧。待會兒我想請妳去跟朋友！不，跟妳認識的人散布某個人的謠言。既然妳是下一任族長大人，這應該難不倒妳吧？」

「對不起，我太狂妄了……」

她的自信心居然這麼容易受挫。

一看就知道這傢伙辦不到，所以我才沒說出口嘛。

「那個，順帶一提，是要散布誰的謠言呢？」

「妳知道有個叫做賽蕾娜的祭司嗎？」

「嗯，我知道！我想要交朋友，所以去找她諮商，結果她委婉地告訴我『這連蕾吉娜女神都無能為力』……」

連神的力量都敵不過她的邊緣之力。

順帶一提，蕾吉娜女神是賽蕾娜信仰的小眾神靈。我稍微查了一下，但無人知曉。似乎是個人氣極低的女神。

「雖然妳感覺特別容易上當受騙，但似乎沒受到影響。吶，妳對賽蕾娜那個傢伙有什麼想法？」

「有什麼想法？嗯～看她交友廣闊，我很羨慕呢。」

這傢伙跟平常沒兩樣。

雖然還不知道賽蕾娜是用什麼手段增加信徒，但至少不是跟她說過話就會變成信徒的樣子。

「別跟那個女人走太近比較好。感覺她在各方面都十分可疑。」

「連達斯特先生都提出忠告，看來對方相當危險呢。」

「對妳而言尤其危險。」

特別是容易相信他人這一點。對芸芸來說，只要搬出「朋友」兩字，她就會立刻上鉤，跟洗腦一點關係也沒有。

芸芸似乎自顧自地搞錯我的意思，一臉嚴肅地點頭後就離開了。

至於居民跟女冒險者那邊，就只能腳踏實地一步步解決了。接下來這幾天還要散播謠言，感覺有得忙了。

3

那一大筆經費有一半都用來支付菲特馮的餐費，剩下的就當作活動資金。這幾天我都不分晝夜地在街上到處奔波。

和真的刁難戰術跟我勤懇的行動似乎進行得很順利。聽說有人目擊到精神狀態瀕臨崩潰的賽蕾娜，帶著她的信徒追著和真到處跑。

如果只是這樣的話，那還可以竊笑著說情況相當順利。但聽到後續發展後，我就開始抱頭苦惱了。

不知為何，和真好像變成了賽蕾娜的信徒。他完全不回家，一直跟賽蕾娜在一起。

更讓我困惑的是，其他人都陸續恢復正常，泰勒和奇斯也不例外，回歸小隊了。

兩人現在在我面前悠哉地喝酒。

「你們居然還敢一派輕鬆地回來啊。不是想一輩子當賽蕾娜的信徒嗎？」

「關於這件事，我已經沒什麼印象了。我也不知道自己怎麼會這麼執著、堅信到那種地步。」

「我也一樣。就像腦海中籠罩一層霧霾似的。現在思緒也不太清晰。」

他們歪頭疑惑的神情看起來不像在裝傻。

果然是被魔法或某種手段洗腦了。

「對自己不利的部分就記不住了啊？你們以為這種藉口騙得了我嗎？老天爺都看在眼裡啊！喏，給我們一筆慰問金當作賠禮！拿出所有積蓄，我就破例原諒你們！」

「達斯特，對自己不利的部分就選擇性失憶應該是你的專利吧。我們已經平安歸來，你就別計較了。」

看到琳恩傻眼卻安心的表情，我的嘴角也上揚了。

雖然她的側臉時不時會透露出一絲憂鬱，但這股憂鬱應該在昨天就畫下句點了。

「要是心軟一次，之後就會養成習慣。我身為飼主，必須好好管教一番才行。」

「「誰是你的寵物啊！」」

琳恩看到我們打起來，雖然說了句「別打了。」出言制止，卻還是開心地笑了起來。

這樣一來，我們這邊就解決一個問題了。

「喂，你們打得太誇張了！下手輕一點！」

「抱歉，因為太久沒打，沒拿捏好力道。對了……菲特馮呢？怎麼沒看到她？」

「剛剛離開房間時她還在睡，差不多該醒了吧。我去看看狀況。你們要請客，先點滿一桌菜吧。」

「平常我早就拒絕了，真拿你沒辦法。畢竟好像給你添了不少麻煩。」

我用眼角瞥見奇斯心不甘情不願地叫女服務生過來點餐後，就往菲特馮所在的旅店房間走去。

打開房門後，床上卻空無一人。

「難不成一個人跑出去了？都交代她不能擅自出門了，喂喂，難道進入叛逆期了嗎？她一個人上街閒晃會惹出很多麻煩……這是什麼？」

床頭櫃上放了一張紙。

我拿起那張紙一看，上頭寫了一行字。那個筆跡用客套話來說也稱不上娟秀。

『你不陪我玩，我就去外面玩。』

……這是菲特馮寫的喔？我本來就覺得她很聰明，沒想到現在連字都會寫，真的長大了呢。呃，現在沒時間欣慰了。

這麼說來，最近我忙著處理賽蕾娜的事情，幾乎沒時間陪她。所以她才這麼消沉，一個人跑出門啊。

雖然到前幾天為止，阿克塞爾街上全都是賽蕾娜的信徒，局勢不太穩定。但現在只有和真一個人變得不太對勁，街道又恢復了以往的情景。

在這種狀況下，一個人出外閒逛的危險性不高。再說，我不認為這個鎮上有人能對菲特馮不利。

……巴尼爾老大除外。

「菲特馮應該不會受到傷害。但她不諳世事，感覺會加害別人。」

如果菲特馮在飢餓狀態下，碰上以為她是幼女就小看她的人……

她可能會流著口水，咬住對方的頭。

「忍不住開始想像可怕的畫面了，還是該去找她才行。」

老實說，我並不是很擔心她。但丟著幼女不管，就不知道會被說得多難聽了。

還是拜託夥伴們幫忙，趕快把她找出來好了。

大致跟夥伴們解釋情況後，他們就開始幫我找尋失蹤兒童。

「找不到啊。到底跑哪兒去了……與其到處找她，不如在路上插上串燒，一路插到公會去，她可能邊撿邊吃就回來了。」

雖然我覺得這點子很棒，但被警察發現我在路上插串燒的話，極有可能被逮捕。畢竟那些人把我視為眼中釘。

我一邊留意警察的視線，一邊到處奔走，但到處都找不到菲特馮。

問了雜貨店大叔跟蘿莉夢魘，他們也說沒看見。

我去供餐的地方大致找了一輪，卻連一點影子都沒有。

「她到底上哪兒去了？可惡，只能寄望奇斯他們了。」

我暫時先回到事先約好的集合地點廣場時，卻只看見琳恩一人。

「看妳的樣子，是不是也找不到啊？」

「你好像也撲空了。奇斯和泰勒還在找。吶，菲特馮會去哪些地方，你心裡有數嗎？」

「她從以前給我的印象就只有吃跟睡。另外，她喜歡眺望森林跟草原，我老是被她硬拖著跑。還有……菲特馮很愛乾淨，洗澡的時候會特別開心。」

「哦，說得這麼開心啊。你對那孩子瞭若指掌呢。哦，原來連幼女都在你的好球帶裡面啊。你覺得以前比較幸福嗎？」

我只是照實回答而已，妳發什麼脾氣？那就別問啊。

雖然想開口抱怨，但現在的當務之急是找出菲特馮……我還是先說一句吧。

「以前的事根本無所謂。而且……琳恩，在妳看來，我現在在這個鎮上過得不快樂嗎？」

「你每天都過得隨心所欲，完全不管會不會給人添麻煩。嗯，是我說錯話了。」

「看妳這樣馬上就心服口服的樣子，還真有點火大。」

「好好好，真對不起。對了，依照你剛剛說的那些話來思考，菲特馮應該不太可能跑出門吧？」

「也不是……不可能吧。」

難不成紙條上寫的「外面」，是指城外嗎？

以往她對我言聽計從，從來不會擅自行動。但她變得很積極，甚至靠一己之力跑到阿克塞爾來找我。

嗯嗯？怪了，事到如今我才發現……菲特馮怎麼會知道我住在哪裡？出國之後，我根本沒和任何人聯繫。就算她鼻子再靈敏，也不可能從鄰國找到這裡來。

……煩惱這種無解的問題，情況也不會出現轉機。把她找出來好好唸一頓之後，再來問清楚吧。

「如果她跑到外面去，就得加快腳步了！要是出現巨型蟾蜍，會被一口吞掉的！」

「再怎麼說也不可能一口吞掉吧？」

雖然菲特馮食量很大，但也沒辦法一口吞下巨型蟾蜍。

「「嗯？」」

我們倆同時看向彼此，疑惑地歪頭。

看來我們的話題不同調。

「總、總而言之，既然有時間閒聊，就快點趕去城門吧。直接跟門衛打聽比較快。」

「說得也是。門衛應該不會蠢到讓一個幼女跑出城外。」

抵達城門後，我對一名看似很閒的衛兵說：

「吶，有沒有在這附近看到一個白頭小鬼？」

「我說你啊……麻煩說清楚一點好嗎？呃，是個小女孩，身高大概這麼高，有一頭白色長髮。你們有看到她嗎？」

琳恩把手放在自己腰際的高度，簡單明瞭地表明菲特馮的身高。

「啊啊，我沒看見。今天出城的只有共乘馬車跟冒險者集團而已。我有特別留意別讓小孩跑出去，我不認為她能逃過我的法眼跑到城外去。」

也對。門衛最重要的職責，就是擋下來自城外的威脅。但嚴防調皮的小孩子跑出城，也是他們的工作之一。

忙碌的時候或許能趁亂跑出城門。但最近大家可能都在防備魔王軍，所以進出的人不多。包圍阿克塞爾的城牆高聳又厚實。前陣子被阿克婭的大洪水沖壞後，有重新建造過，耐久度應該很高。

一般人是不太可能啦……

「那可以先放心了。阿克塞爾的治安良好，沒必要這麼擔心。」

我像是在瞪著城門般抬頭仰望，而琳恩像在顧慮我的心情，想讓我安心似的對我這麼說。

「也對。她不會做這種引人注目的行為。那我們再回城裡找一次吧。她差不多已經餓到極限，感覺會亂撿東西吃了。」

「不可能吧，她又不是達斯特。」

「知道她肚子餓時會是什麼德性之後，妳還說得出這種話嗎？」

「……快把她找出來！」

我不在的這幾天，都是她在照顧菲特馮，所以她應該非常清楚。

琳恩喊著菲特馮的名字拔腿就跑，我也連忙追在後頭。在那之前，我又回頭看了城門一眼。

「應該不可能吧。」

4

所有人都一無所獲，就這麼過了好幾個小時。

為了先冷靜討論，我們在公會一角展開會議，但除了夥伴以外，不知為何連蘿莉夢魔和芸芸也在。

「妳們怎麼也在這裡？」

「當然是因為擔心啊！菲特馮真的離家出走了嗎？」

「我是因為有點在意她跟達斯特先生是什麼關係。」

芸芸似乎真的很擔心，抓著我的肩膀用力地搖個不停。

蘿莉夢魔應該是好奇心勝過了擔憂的心情。

「不是離家出走，只是去閒逛而已吧？」

「為什麼一副事不關己的樣子！小孩子可能一個人跑出城外了啊！」

芸芸說得沒錯。

根據回來會合的奇斯和泰勒帶回的情報，有人目擊到疑似菲特馮的人影，不發一語地坐在共乘馬車上。

而且城裡沒有任何人看見她的蹤影，因此出城的可能性相當高。

「我也覺得你看起來一點也不著急耶？」

「你居然無情到這種地步啊。」

兩個大男人不要一直逼近我啦。

雖然琳恩跟蘿莉夢魔沒有出言責備，但冰冷的視線中充滿了無言的壓力。眉目之情更勝於表啊。

「哎喲，我不擔心是有原因的。她其實不是跟著爸媽來到阿克塞爾，是一個人從鄰國過來的。她這麼獨立堅強，說不定已經靠自己的力量回國了呢。」

「這個解讀跟紙條的內容不符啊。紙條上不是寫『你不陪我玩，我就去外面玩』嗎？你就這麼嫌麻煩懶得找人，不惜說這種謊話？」

琳恩眉頭緊皺，將臉湊近我。

「你居然這麼冷血。」

「人渣。」

「雖然之前就知道你很差勁，但我真的錯看你了！」

「實在太過分了。對女孩子不體貼的人，我會漲價喔？」

所有人都在責怪我。

「你還想找什麼藉口，還是有其他事情瞞著我們？有的話就快點說。」

琳恩的語氣不像在逼問，反倒像在擔心我。

最近琳恩常跟菲特馮在一起，她是不是察覺到什麼了？

如果我現在說出自己的真實身分，他們也相信的話，過去的誤會和疑惑都能煙消雲散。

但若真的擔心菲特馮的安危，就不能未經許可告訴任何人。

「哼，少囉嗦。我要睡了，想找就去找吧，隨便你們。」

我假裝賭氣，離開公會。

身後的責罵聲依舊不絕於耳，但我不當一回事，逕自走到城門邊，一個人來到城外。

「那個不良幼女到底晃到哪裡去了？要是她張開翅膀，會不會飛到森林那裡？」

雖然她看到喜歡的地方就會去探索，但現在卻完全找不到人，連曾停留過的痕跡都沒有。

我猜她應該不會跑那麼遠，於是決定找到天黑為止。但直到最後，我都沒找到她。

5

又過了兩天。

菲特馮根本沒有回來。

夥伴、芸芸跟蘿莉夢魘似乎還在找她，但始終毫無斬獲，時間就這麼過去了。

在這種狀況下，我的立場變得如何呢——

「喂，這裡有個拋棄幼女的大壞蛋。」

「欺騙幼小加以利用，最後居然還拋下不管……根本連人渣都不如。」

那些冒險者故意用我也能聽見的音量對我說三道四。

賽蕾娜一事落幕後，現在冒險者都紛紛回到公會了。這雖然是件好事，但人多嘴雜，謠言傳得繪聲繪影。如今他們就是這樣看待我的。

儘管如此，我還是問心無愧地坐在公會一角的座位上。事到如今，我的精神狀態早已不再纖細敏感，不會因為一兩個惡評就往心裡去。

就任外人去碎嘴吧，我無所謂。

「聽說他已經玩膩幼女，現在對熟女哈到不行呢。我是在那間店聽粉色頭髮的小個子說的。」

「不僅如此，他好像男女不拒呢。之前有個戴著頭盔的怪人說得非常肯定，一定是這樣沒錯。」

管他三四個惡評，我也……

「其實他很尊敬那個紅魔族的腦殘女孩，最近還拜她為師呢。」

「啊～我是聽說他跟拉拉蒂娜大小姐有一樣的性癖，深夜會造訪祕密俱樂部，跟大小姐一起被鞭子調教——」

就算五六個……！

「你們這群王八蛋！其他謠言我還能忍，但別把我跟和真小隊的人扯在一塊兒！你們給我去那邊排隊站好，我要一個個照順序猛呼巴掌！女人就露出胸部或屁股，我會狂揉一遍，這樣就放妳們一馬！」

「「「「你試試看啊！」」」」

我跟說我壞話的那些人大打出手，結果其他人也加入戰局，演變成一場大亂鬥，所以我就被趕出公會了。

雖然夥伴們也在公會裡，但他們只是瞥了我一眼，不幫我出氣也不跟我對抗，就只是遠遠地觀望這一切。

……他們還在生我的氣啊。

「得趕快找到菲特馮，讓她親口解開這些疑惑才行。」

今天我也打算一個人出城，沒想到忽然有個女人對我說：

「那位滿臉色相的小混混。」

「怎麼突然口出惡言啊。我現在心情超差，就算是女人我也不會手下留情……妳給人的感覺不太一樣了呢。」

我一回頭，就看見那個話題人物——女祭司賽蕾娜。

在我的認知中，賽蕾娜是個面帶沉穩笑容，給人清純無瑕的印象，卻也散發著一股成熟的魅力。

但眼前這位小姐又是如何呢？頭髮凌亂不堪，眼下帶著黑眼圈，眼神也邪惡無比。

不僅如此，她的臉頰凹陷，看起來非常不健康。

「那個男人害我變成這副德性！」

她的語氣非常粗魯，讓人無法想像這位祭司曾被視為聖女，受到萬人擁戴。

這傢伙果然是個綠茶婊。

「這才是妳的本性啊。那個男人……難道是指我的麻吉和真嗎？」

「你是佐藤和真的麻吉嗎？可惡，怎麼偏偏是你。」

「哦，我猜對啦？噫嘻嘻嘻嘻。跟我的麻吉為敵可是很麻煩的喔。只會耍這種小聰明的小壞蛋，他根本不會放在眼裡。」

畢竟他很會動歪腦筋，思緒也很機靈嘛。雖然冒險者的實力不怎麼樣，卻打敗過好幾個魔王軍幹部。

是個連我都自嘆不如的超級天才。

「我正在切身體會這一點。哎，我本來想拉攏他，怎麼會變成這樣……」

她垂下肩膀，彷彿靈魂都要飛出來似的大大地嘆了口氣。

看她打從心底感到疲憊的模樣，我甚至覺得有點可悲。

把賽蕾娜的問題交給和真後，似乎已經解決了。

「雖然不知道是怎麼回事，但是辛苦妳了。沒事的話，我可以先走了嗎？」

「等一下，我有事找你。你看這個。」

她語氣粗魯地這麼說，接著不知是哪根筋不對勁，竟忽然撩起長袍下襬，露出內褲。

黑色啊。外表一副清純的樣子，卻穿黑色內褲，簡直讚爆了。

「妳的內褲款式挺花俏的嘛。」

「你、你一副色瞇瞇的樣子，結果就只有這點感想嗎？你可是看了聖女的內褲耶，不是該表現出感激或狂喜的心情嗎？」

「妳在說什麼啊？是妳自己露內褲給我看的耶，為什麼我非得感謝妳不可？那種東西一點價值也沒有。」

看來這傢伙不懂色情的真諦。

「哎，妳不懂啦。毫不羞恥地故意露出內褲，只會讓我軟掉而已。我可是常受警察關照的偷窺慣犯，那種露骨的裸露方式對我沒用啦！」

最近我常常觀摩蘿莉夢魔的表演，當然知道羞恥元素在情色方面具備何等功效。

而且我現在忙得不可開交。

「你這傢伙怎麼會理直氣壯地對我擺架子啊……佐藤和真認識的人果然都不正常。這個小鎮是怎麼回事啊！」

她用力搔頭並發出怪叫。看樣子被和真逼到快要崩潰了。

不過，這女人居然絕口不提自己的事，跩得二五八萬的樣子。明明是個大色女，還敢這麼囂張。

「我還以為馬上就能讓這小子心懷感謝，做點人情給他，再狠狠敲他一筆的說……」

她好像在碎唸些什麼，但再繼續跟她耗下去實在很浪費時間，我就丟下她逕自離開了。

6

「這裡也沒有。」

擊退好幾隻把我團團包圍的一擊兔後，我還是沒找到菲特馮。

我應該認真思考，她是不是真的對我厭煩，回到鄰國了。

可是她會不告而別嗎？

不，我離開那個國家時沒有帶著她一起走，她可能對我懷恨在心，決定對我復仇……若真是如此，我也沒資格對她發火。

我用力地搔搔頭，深吸一口氣。

「再找一會兒吧。」

如果她真的回國了，那倒無所謂。但要是她躲在這個國家某個地方，說不定會釀成大禍。為了找到後能餵她吃點東西，我先將打倒的一擊兔分切成肉塊。光是這樣可能連塞牙縫都不夠，但應該可以稍微果腹。

「去更遠一點的地方找找看吧。菲特馮應該輕輕鬆鬆就能跑得很遠。」

放棄在城鎮附近搜索，再走遠一點吧。

我走了整整一天，卻還是毫無進展。

看來我只能跟琳恩他們下跪請求原諒了。我還想繼續找菲特馮，但沒有夥伴的幫忙獨自孤軍奮戰，實在很費心神。

芸芸平常就是這種感覺嗎……以後還是對她溫柔一點吧。

做好會被無視跟責罵的心理準備後，我回到公會。結果公會裡亂成一團，根本沒人發現我走進來了。

公會職員們忙碌地到處奔走，在公布欄上貼了些什麼。

冒險者們則圍成一圈緊盯著看。

「是貼了什麼很棒的任務嗎？」

我鑽進人群中，好不容易來到公布欄前，只見上頭貼了一張大大的委託書。

「獵捕白龍」

「啥！」

我被這出乎意料的內容嚇呆了，接著又被其他冒險者推擠，整個人摔到公布欄前。

平常我早就破口大罵了，此刻卻根本沒那個心情。

「不會吧……」

「啊，達斯特在這。」

我似乎太過震驚，直到琳恩開口向我搭話之前，我都沒發現她的存在。泰勒和奇斯也在她的身後。

對方主動出聲喊我，表示已經沒那麼生氣了吧。

「我看到委託書了。」

「現在這件事已經吵翻天了。公會好像收到好幾件白龍的目擊情報，應該真的要採取行動了。」

「……真的是那個白龍嗎？」

「好像是。畢竟是人稱會帶來幸運及財富的白龍，妄想一夕暴富的人都衝出去了。」

白龍——擁有純白無瑕的軀體，是具有神聖屬性的稀有龍種。雖然是人稱氣度沉穩又聰慧的種族，卻因為某種原因而瀕臨滅絕危機。

「攜帶白龍的尖牙或骨骼，幸運值就能提升，財運也滾滾來。過去有段時間很流行這種說法。將這個說法當真的貴族、商人和有錢人的圈子裡，現在似乎也蔚為風行。如果抓到牠拿去變賣，應該可以爽爽過一輩子了。」

奇斯說得沒錯。

其實白龍的素材在市面上會以高價徵收。雖然普羅大眾並不知情，但相傳白龍的血肉具有長生不老之效，謠言傳得繪聲繪影。

將這種情報當真的人們將白龍趕盡殺絕。這個說法早已深植人心，卻在數年前被推翻。

「說到白龍，最有名的就是——」

「那位龍騎士吧！」

從旁打斷泰勒說話的人正是芸芸。

原來她也在公會裡啊，還是一如既往地毫無存在感。

不過還真稀奇。這傢伙很少會如此積極地介入他人的話題當中。

「妳說的那位龍騎士，是指哪位龍騎士？」

「對、對不起。打斷你們的談話……」

「沒事，不必道歉。能說說那個龍騎士的話題嗎？」

興奮到完全不顧旁人的芸芸連連低頭致歉。

琳恩對此毫不在乎，要求她繼續說下去。

「這個嘛。妳知道鄰國有一位龍騎士吧？據說在龍騎士當中，他年紀輕又是個天才，為人耿直、英姿瀟灑，可謂騎士的典範。而那個人的龍座騎正是白龍！……好像是這樣。」

說著說著，她的音量又因為興奮逐漸變大，但後來發現自己說太大聲了，急忙摀住嘴巴。

「騎著白龍的騎士大人，簡直太夢幻了……哎～～真令人嚮往。白龍王子什麼時候才會出現在我眼前呢？」

芸芸將手交握在胸前，沉浸在妄想的世界裡。先別管她吧。

「我也聽過這個傳說。是龍騎士將鄰國公主拐跑的樣子。這個罪行就算遭到處決也不為過，但其實真相並非誘拐，而是公主主動提出的要求。然而，未經允許將公主帶走數日的事實仍無法抹滅……家道中落的年輕龍騎士似乎被國家驅逐出境了。」

「別管那種無聊的故事了，來談談任務吧。你們想接這個任務嗎？」

由於話題快要跑偏到奇怪的方向，於是我拉回正題。

我感受到一股視線便轉眼一瞥，發現琳恩一副欲言又止的模樣。話題好像轉得太硬了。

「不，擊退龍族對我們來說負擔太重了。其他人都組了十人以上的小隊。」

「如果和真他們也參加的話，或許還有勝算，但他們似乎很忙，所以不克前往。如果阿克婭在，還可以請她幫忙復活。」

泰勒跟奇斯也很消極。

跟其他種族相比，白龍的性格較為沉穩，但要是惹牠發火，根本就沒辦法對付。

一般冒險者就算結夥上陣也很難打得贏。

「根據目擊情報指出，白龍對上怪物時相當狂暴，也會對目擊者發出威嚇的低吼，但完全沒有對人類造成危害。這樣聽來，捕捉白龍感覺有點可憐耶。」

威嚇？這個詞讓我覺得不太對勁。但我沒有繼續深究，而是提出建議。

「可是，委託書上不是寫『只有情報也會高價徵收』嗎？既然是氣度沉穩的龍族，如果只要找到牠的蹤跡，不是很輕鬆嗎？」

「真難得，你居然會積極挑戰這種危險的差事。」

「如果資訊無誤的話，目前甚至沒有傷亡呢。白龍似乎屬於溫馴的龍族，用不著擔心啦。而且，你們不想看看稀有的白龍嗎？」

我這句話似乎挑起了伙伴們身為冒險者的好奇心，他們紛紛環起雙臂，念念有詞。

只差臨門一腳了。

我做了個大大的深呼吸，下定決心說道：

「順帶一提……那個，就是，能不能幫我一起找菲特馮呢？萬一她碰上白龍，那可就糟了。而且一個人能找的範圍也有限。」

因為實在太丟臉了，我將臉撇向一旁這麼說。夥伴們頓時面露驚訝，但馬上就勾起讓人火大的壞笑。

「咦～哎呀哎呀～你不是不想管菲特馮的事情了嗎～？」

「你不是說那孩子已經回去了嗎？嗯～？」

「喂喂，你居然瞞著我們去找人啊？達斯特先生真不坦率。原來你也有可愛的一面呀。」

可惡，所以我才不想說嘛！

不要一臉壞笑地湊近我，不要戳我的臉頰！

因為我是拜託人的那一方，所以忍下來了。對我處處調侃後感到心滿意足的夥伴們也答應會陪我一起找。

「那個，我也可以隨行嗎？」

芸芸畏畏縮縮地舉起手。

「當然可以，我們舉雙手歡迎。萬一碰上龍族，還得仰賴妳幫忙呢。」

「包、包在我身上！嘿嘿嘿，我被依賴了。」

這樣就能確保危急時刻的戰力了。

我想找些擅長探索的隊員。如果可以的話，還想知道更詳細的地點。

至於能滿足這兩項要求的方法——

「事情就是這樣。老大，可以幫我占卜嗎？」

來到那間魔道具店後，就看見穿著圍裙的老大和正在擦地的蘿莉夢魔。這傢伙最近白天在魔道具店，晚上在夢魔店工作啊。

沒看見美女老闆維茲的身影。看蘿莉夢魔正在用抹布擦拭地板上的焦黑痕跡，就知道維茲大概又幹了什麼好事被老大懲罰了吧。

「哦？所以只要看出那個白銀女孩的行蹤就行了嗎？」

「是啊，拜託你了，老大。至於報酬……我現在手邊沒錢，但之後一定會給你！真的！」

我雙手合十苦苦哀求，老大便輕輕地嘆了口氣。

雖然掩住眼角的面具讓人難以辨識他的表情，但我能感覺到他震驚的心情。

「雖然吾認為全阿克塞爾的人都不會相信汝說的『之後再給』，但就算了。吾就幫汝占卜吧。」

「哦哦哦！老大，感激不盡！」

「但吾有個條件。」

老大將臉湊近我的耳邊低語了幾聲。由於條件內容並無不妥，這場交涉便宣告成立。

「真不愧是老大，居然要求這種事情。」

「畢竟在吾面前隱瞞根本毫無意義可言。那個小女孩現在……似乎在湖泊附近。看起來像先前安樂少女寄生的那個位置。」

「啊，是那裡啊。老大，太感謝你了。還有，我可以借用這傢伙一陣子嗎？」

「只要是為了巴尼爾大人～不管多麼骯髒的工作～呀！你要幹嘛！」

蘿莉夢魔一邊搖屁股一邊擦地，似乎想誘惑老大。我一把抓住她的後頸讓她起身。姑且還是得尋求老大的同意才行。

「無妨。要煮要烤隨汝處置。」

「太過分了！可是……如果巴尼爾大人願意喝下我被燉煮後的湯頭，我就能接受！」

居然能接受喔。蘿莉夢魔對老大相當盲從，如果老大叫她去死，她說不定真的會了結自己的性命。那些賽蕾娜的信徒好像還好一點。

「那我就借用一會兒了。把圍裙脫了，快點過來。」

「這是跟別人借東西的態度嗎！『再親近的朋友也該以禮相待』，沒聽過這句話嗎？」

「別在店裡大呼小叫。既然打掃完了，汝的任務就結束了。跟那邊的小混混找個地方玩玩吧。」

「啊啊！冷淡的態度也超棒的！如果你喜歡NTR的劇情，雖然很不情願、百般勉強，但我還是會跟達斯特先生……」

不要看著我說那些腦殘言論。

別仗著老大看不見，就擺出一副打從心底厭惡的表情喔！我也有拒絕的權利好嗎！

這傢伙對巴尼爾老大的愛情，是不是一天比一天更惡化了啊？

雖然她依依不捨地收拾掃除用具，想用活色生香的姿勢褪下圍裙，但她的外表就長那樣，所以看起來只像小孩子在換衣服。

她似乎很在意老大的目光，但老大根本沒瞧她一眼。

「明明沒被當一回事，這種湧上心頭的感覺究竟是……這就是被藐視和冷落的喜悅吧。我稍微能理解達克妮絲小姐的心情了。感覺新世界的大門快要開啟了。」

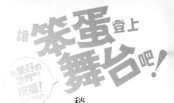

「喂，不要開啟那種大門啦！」

不要理解極致變態的心情好嗎？饒了我吧，唯獨求妳別把春夢內容染上被虐的元素。

我把假哭著跟老大揮揮手的蘿莉夢魔拉出去。

「巴尼爾大人的身影越來越小了……回來之後，我得把巴尼爾大人的香氣吸滿整個胸腔才行。啊！之前借來的巴尼爾大人身上的塵土碎屑，香氣應該還在吧。回來之後得確認一下！」

老大的身體是土做的吧。不是只會有泥土的味道嗎？

「吶，我已經受夠變態了，拜託別連妳也靠到那邊去。」

「別把我對巴尼爾大人的愛跟變態相提並論！這是純潔無瑕的愛情！」

「大家都把這種行為稱作跟蹤狂……」

雖然有點後悔把她帶出來，但她是必要的搜索人才。

我看重的是她的飛行能力。如果能在空中搜索，看得會比在地面上清楚。

雖然她還一直偷瞄魔道具店的方向，但讓她離開老大身邊後，她就會恢復正常了。應該不用太擔心吧？

7

「以獵捕白龍來說，小隊人數確實不足，但我們真正的目的並非如此，就別計較了吧。」
「琳恩。有了這個前提，就一定會碰到白龍啦。」
「別說這麼恐怖的話。」
現在我們六個人正往老大說的那個湖泊前進。
途中也時不時會看到幾個冒險者，但幾乎都是指望委託書上記載的目擊情報，正在前往目擊地點。
湖泊離目擊地點相當遠，應該不會被其他人超前吧。
「巴尼爾先生說菲特馮在湖邊嗎？」
「是啊。老大的占卜幾乎都很準。」
他的準確率簡直非同小可。與其說是占卜，不如說是預言。
我差不多想開始搜索了，但問題出在老大的占卜內容。那到底該怎麼解讀——
「好像到湖邊了。這裡很大，我們分頭找人吧。沿著湖畔分成左右兩邊進行，應該不會有疏漏，最後還能會合。」

由於沒人反駁泰勒的意見，於是小隊兵分兩路。

我這邊的成員是琳恩和蘿莉夢魔。

另一邊是奇斯、泰勒和芸芸。

或許是一個女孩子身處男人之中的無助感，以及除了我以外，很少和其他人對話的不安使然，此刻的芸芸臉上血色盡失，渾身不停發抖。

「妳的表情像是快死掉了一樣。」

「沒、沒問題。我可是紅魔族的下任族長，也、也得鍛鍊一下溝、溝通能力才行。」

芸芸說話結巴，舉止相當可疑。不管怎麼看都不像是沒問題的樣子。

「這邊有我和奇斯就夠了。畢竟我們有擅長尋人的技能『千里眼』啊。」

「也對。芸芸去那邊幫忙吧。我們兩個臭男生也輕鬆自在。」

他們看了也不忍心，於是為芸芸著想，把她讓給我們。

「怎、怎麼這麼說呢？已經定案的事就得遵守才行，哪能這麼任性呢？」

芸芸嘴上這麼說，卻用帶著一絲希望的表情不停盯著我看。

如果依照原案進行，感覺在我們會合之前，她都不會開口說話。太過緊張的話，也沒心情找人了吧。

「那就過來這裡吧。妳很會解讀獨行俠的行為模式吧？」

「真、真拿你沒辦法。既然說到這個份上，我就加入達斯特先生這邊吧。」

話雖如此，她還是面露安心的神情，甚至沒注意到我語帶諷刺。跟泰勒他們分開後，我們悠哉地沿著湖畔走，但目前並沒有什麼怪異之處。

「請、請問，雖然事到如今才問這種問題，但菲特馮有辦法一個人跑到這種地方來嗎？我覺得不太可能耶。」

「確實不是小孩子能到達的距離。一般來說是不太可能，但既然巴尼爾大人如此指示，應該不會有錯！」

「…………」

蘿莉夢魔打算只用對巴尼爾老大的信賴抹去芸芸的疑心。

琳恩不置可否，只是盯著我看。

「老大都這麼說了，應該沒問題吧。他雖然喜歡捉弄別人，但這種事他不會……唔！」

我忽然一陣暈眩，眼前的景色也變得鮮紅又模糊。

噁心的感覺幾乎讓我無法站穩，於是我單膝跪地。

「你怎麼突然這樣？絆到石頭了嗎？太蠢了吧。」

我甚至沒心情回應琳恩的調侃。

這股突如其來的感覺是怎麼回事？

為了不被夥伴們發現，我反覆深呼吸，稍稍緩解這股不舒服的感覺。

「可能是昨天的酒意還沒退。我休息一下，妳們先走吧。」

我面向湖泊，打直雙腿坐下來。看也不看身後的夥伴一眼，只是對她們揮揮手。

「真受不了你。待會兒一定要跟上來喔。」

「飲酒不能過量啦。這樣會妨礙我們工作耶。」

「……那我們先走嘍。」

確認三人把我留在原地走遠之後，我湊近湖泊，凝視著湖面。

倒映在湖面上的瞳孔顏色變得比以往還要鮮紅。

「原來是這樣啊。」

我忽略這股不適感站起身，往與三人不同的方向走去。

衝進湖泊邊蓊鬱茂密的叢林中後，我讓思緒集中。

穿過森林的風聲。

綠意的濃烈氣味。

我比平常更敏銳地察覺到這些氣息。

「已經很靠近了。在哪裡，菲特馮，妳在哪裡？」

森林深處傳來某種物體倒塌的聲響。

那是樹幹被折斷的聲音。而且不只一兩棵，而是掃斷了好幾棵樹木逐漸往前進。平常我會擔心是不是碰上怪物而心存疑慮，但我卻持續挺進，找尋聲音來源。

聲音漸漸變得又大又鮮明。與此同時，我的腳底板也感受到些許震動。

有某個龐然大物正在失控躁動，那恐怕就是……

行進方向一片光亮，讓人無法想像自己身處森林之中。那裡就是震源嗎？

越靠近震源，我的不適感就更加明顯。從體內深處不停狂湧而上的這份情緒……是憤怒。還有這個感覺，是悲傷嗎？

不僅如此，好幾種情感紛紛流入我的體內。

雖然疑惑，我還是沒有停下腳步，不斷往前進。結果我被掉在腳邊的某個東西絆了一跤，差點摔倒在地。

「哈啊、哈啊，別把垃圾扔在這種地方啦。這一大堆像蔬菜的東西是什麼……喂，難不成這是曼德拉草嗎！」

這麼說來，阿克西斯教那個問題祭司把在慈善賑濟用剩的曼德拉草扔掉了。原來是丟在這裡啊！

我仔細一看，發現所有曼德拉草都有被吃過的痕跡。

「原來如此，因為吃了這個而神智不清了嗎？」

這下子失控之謎就解開了。

我一邊對抗這股快要失去自我的感覺，總算穿過林木，踏進了林內寬敞的那一處。好幾棵樹都攔腰折斷，強制性地騰出了一個空間。有隻白龍身處其中。

那個身影和其他龍種都不同，比起駭人這個形容詞，瑰麗一詞更加貼切。在天際灑落的陽光籠罩下，那身雪白的肌膚散發出莊嚴的光輝。為了嚇阻我而大張的翅膀簡直就像天使一般。

牠的脖子上垂掛著一條紅寶石項鍊。

白龍會被高價徵收的原因，除了財富和幸運的象徵之外，也能作為觀賞用途。那副美麗的外貌讓人不禁對此深感認同。

「妳——」

「咕呀啊啊啊啊啊啊！」

白龍的咆嘯壓過了我的聲音。

原本應該是氣度沉穩的種族，此刻的牠卻對我齜牙咧嘴，展現出敵意。那雙本該像黑珍珠般的眼眸，如今卻像鮮血似的染成一片殷紅。

「喂、喂，冷靜點。妳只是因為吃了這個，才會神智不清的！」

腦內的不快感越來越強烈，但我還是想盡辦法踏出蹣跚的腳步，往白龍走去。

我一接近，對方就一邊嚇阻我一邊後退。

「沒事了。一點也不可怕，不要這麼警戒。」

說話的同時，我緩緩伸出手——

「達斯特，你在幹嘛！『Lightning』！」

傳來一道近似悲鳴的喊叫聲後，逼近到我眼前的白龍猛地往後仰。

回頭一看，只見琳恩從後頭狂奔而來。

「嘰呀啊啊啊啊！」

白龍扭動著被閃光籠罩的身軀，用染成赤紅的眼眸看向琳恩。

「妳怎麼會在這裡啊！」

「看你的樣子不太對勁，我們就跟著你過來了。你連武器都沒帶，是不是想送死啊！」

「這孩子不會傷害我！所以別對牠出手！」

我對琳恩大聲咆哮，接著直接迎向白龍。

「抱歉，嚇到了吧……」

我一回頭，發現眼前出現一隻巨爪。

銳利的爪尖碰到我的肩膀後，就一口氣往下揮。

剛聽到一陣「喀哩」的刺耳聲響，周遭的景色頓時往前方飛逝而去。

不對！是我整個人被打飛到後面去了！

背上傳來一道猛烈的撞擊，一棵巨木便應聲斷成兩截。

「咕哈！」

直接撞上巨木的衝擊讓我頓時喘不過氣……

在染成一片血紅的視野中，我看見琳恩奔向我的身影。

從她平常那種強勢的表情根本無法想像，她竟然會露出這種泫然欲泣的模樣。

「達斯特、達斯特！振作一點！」

對了。之前她也曾像這樣，用帶著哭腔的聲音呼喚著我……

不舒服的感覺、難以喘息的痛苦，讓我的頭腦一片空白。糟糕，再這樣下去，我就要失去意識……

8

「我的命運就到此為止了啊。」

難以計數的怪物屍體倒在我的腳下。

物。

我居然能打倒這麼多怪物，真想好好表揚自己一番。但眼前仍有尚未打倒的無數隻怪物。

為了讓夥伴們脫逃，我主動擔下殿後的任務，但還是太勉強了。

左手折斷了，完全無法動彈。從額頭滴淌而下的鮮血流進右眼，阻礙了視線。

鎧甲也傷痕累累，四處是明顯的裂痕。只要再吃上一記猛烈的攻擊，或許就會裂成碎片。

「這就是所謂的滿身瘡痍吧。但幸好大家都已經順利脫逃，我也可以踏上騎士夢寐以求的末路。如果我死了……她會不會為我流淚呢？」

腦海中浮現出那位大人的臉龐。

我明明想想像她悲傷的模樣，卻只想像得出她對死去的我破口大罵的樣子。公主殿下會含著眼淚大喊「居然未經我的允許就死了，我饒不了你！」。

都已經死路一條了，我卻扯出一抹苦笑。

「現在放棄，還太早了……」

我可不能把那位大人提出的刁鑽難題硬塞給別人。而且，正等著我的不只是公主殿下而已。

我們已經約好，未來的日子裡也要永遠在一起。騎士絕對不能違背誓言。

我用長槍刺向一步步縮短距離的怪物，結果槍柄斷成兩截。

雖然失去最擅長的武器，但我還有劍。失去了劍，也還有拳頭。如果拳頭廢了，用牙齒咬也行。

「我還……不能死！」

我絞盡最後一絲氣力，拔出了劍。

一群怪物同時朝我直撲而來。

死亡一詞在我腦海中閃瞬即逝，但不到最後關頭，我絕不放棄。

雖然好不容易舉起緊握劍柄的右臂，但我已經沒力氣揮劍了。

我張大雙眼，正面緊盯著逼近而來的怪物，當作最後的掙扎。

當銳利的尖爪逼到眼前的瞬間，我的視界被染成一片白。

那是一隻純白色的龍。

衝向那群怪物後，牠不惜讓雪白的身軀染上鮮血，將怪物一一擊退。

「妳來救我啦……搭檔。」

雖說是龍族，但依舊寡不敵眾。美麗的身軀布滿了無數傷痕，血液滴落而下。

儘管如此，白龍依然為了救我而奮勇迎戰。

我狠狠鞭策即將倒地的身子，一起奔向戰爭的洪流之中。

9

某個純白色的物體緩緩靠近。
我被那孩子攻擊了……為什麼會被攻擊？
是不是有什麼不開心的事……不對，我還要去找……
我……我要，找誰……
流著淚苦苦哀求我的那個女孩。那張臉……是公主。
有一隻龍正在逼近公主。
我是一名保衛公主的騎士。
這種時候，我怎麼還能繼續沉睡！
「請您、放心，我一定會守護您。」
我搖搖晃晃地站起身。為了保護公主不被襲來的大敵攻擊，我挺身而出。
「沒時間開玩笑了！得快點逃走才行啊！」
「我會賭上這條命，誓死守護您。」

即便為了保護公主而殞命，也是騎士的光榮。

我本來想拿起擅使的長槍，但似乎丟在某個地方了。於是我抽出佩在腰間的那柄預備用的長劍。

我明明是第一次見到這把劍，用起來卻相當順手……第一次？

那為什麼會佩在我的腰上呢？

不，現在沒時間煩惱了。我得保護公主才行！

在心中暗下決定後，我準備挺身迎敵。但公主卻緊緊捧著我的臉，將我抓回來。

接著，她硬是把臉湊過來。

「別說那種讓人想吐的話！你不是那種捨身奉獻的人吧！應該更加卑鄙、自私、到處添麻煩……在這種情況下，還是會蠢話連篇，用卑劣的手段也要為自己保住小命，這才是達斯特的作風吧！」

公主在說什麼啊？

我是高尚儒雅的龍騎士，名叫萊因．薛克，絕對不是達斯特。

「公主殿下，請您清醒一點。」

「你才要清醒一點吧！你的眼睛又變紅，已經失去理智了吧……真是的，我要使出最終手段！」

公主把臉湊得更近。在彼此的肌膚相觸之前，公主的臉大幅度地往後一仰。

「咦？」

接著，她就這麼用力地將頭拉回來——兩人的額頭用力地撞在一起。

「唔咕喔喔喔喔喔！痛死了！妳的頭怎麼這麼硬啊！」

「咕啊啊，雖然痛得要命，但你好像恢復正常了。說得出自己的名字嗎？」

「當然是達斯特啊。妳腦子燒壞啦？」

「那是我的台詞吧……笨蛋。」

腦海中還殘留著被霧靄籠罩的怪異感。我將心中那份不適和亂無章法的心情全部扔在一旁！

過去的我會為這些無聊小事苦惱不已，但現在本大爺可是達斯特！

「妳也一樣，到底要失控到什麼時候！我是不是常常跟妳說，不要亂撿東西吃！」

不知為何，白龍按著額頭，呆呆地看著我們倆對話。我對牠厲聲喝斥。

牠可能感受到我的怒火，只見牠像在找藉口似的左右搖頭，原本大張的翅膀也收了起來。

「咦？白龍在害怕嗎？」

「再不快點清醒過來的話，就不讓妳吃晚餐了！」

聽我這麼一喊，白龍猛地打了個哆嗦。

應該恢復正常了吧——我心中頓時閃現一絲期待，但牠的雙眸依舊鮮紅，接著張大了嘴。

只見一團火焰在那長有一排尖齒的嘴裡不停蠢動。

牠打算在這麼近的距離噴火，把我們燃燒殆盡嗎！

如果只有我一個人，在這個時間點也能順利逃脫，但現在琳恩也在我身邊。

我用盡全力往地面一蹬，奮力跳起來，一口氣拉近我跟白龍的距離。

「咦？你怎麼可以跳這麼遠！」

琳恩倉皇失措的聲音傳進耳裡的同時，灼熱的火焰直撲而來。

這個角度就不會波及到她了！

我全身都受到火焰灼燒，同時握緊拳頭。

「妳鬧夠了沒有，菲特馮！」

我衝出火焰，直接對著白龍的腦袋用力揮拳。

鈍重的聲響響徹森林，我揍出的衝擊波讓樹枝草葉都為之搖晃。

至於被我揍了一拳的白龍——則是身形不穩地趴倒在地。

緊接著，牠的身體表面出現一層淡淡的光芒，轉眼間身體漸漸縮小。龍的軀體消失後，變成了一個淚眼汪汪的小女孩——菲特馮。

「咦？咦？咦咦咦咦咦咦咦！」

親眼目擊這一幕後，琳恩嚇得不輕，像個傻瓜似的張大嘴巴，呈現呆滯狀態。

「對不幾。我吃惹掉在地上的蔬菜，就變得很不舒胡，也不資道自己做惹什麼。我不想傷害達施特，可似身體不聽使喚……」

她淚眼婆娑地抽泣著說，渾身不停顫抖。

似乎有在好好反省了。

我把手放在菲特馮低垂的頭上，溫柔地摸了摸。

「妳好像恢復正常了。既然有乖乖反省，我就原諒妳吧。雖然我有點燒傷，但別放在心上。嗯，就是……我也沒顧慮到妳的感受，對不起。」

我應該更要設身處地體會她被丟在鄰國的寂寞。

我已經失去了龍騎士的地位和故鄉，與其跟著我，留在那個國家生活，應該能被他人重用。我基於如此判斷，才把她留在那裡……但我的想法錯了。

睽違這麼久才跟她重逢，她卻變成我從未見過的人類外貌。因此我產生了動搖，不知該如何與她相處，結果讓菲特馮受盡委屈。

「我沒想到妳會以人類的外貌來找我嘛。」

相較於其他國家，我的母國對於龍族的知識相當豐富。雖然我也能以龍騎士的身分取得部分機密情報，但真沒想到那個傳聞居然屬實。

生存時間久了，龍族會漸漸成長為下位種、中位種及上位種。

從蛋孵出來後的一百年間為下位種。超過百年後就被稱為中位種，據說擁有人類等級的智慧，也能理解人類的語言。

再經歷更長久的時間，自我意識覺醒後，就會從中位種變成上位種。學會幻化為人的技術，變成人類的外觀。

我把她留在鄰國時，她才勉強稱得上是中位種而已。和我分開之後晉升為上位種，還不習慣幻化成人類的技術，就急著跑來找我。

「真的……很對不起妳。」

「沒關係，我最喜番達施特！」

她撲到我的胸前，於是我直接接住她，把她抱起來。

她以前也會像這樣用臉磨蹭我的胸膛。

「……小孩子真好，可以天真無邪地做這種事。」

「琳恩，妳剛剛說什麼？」

「沒什麼。雖然你們應該還有事情瞞著我，但真沒想到白龍的真實身分是菲特馮。我第一次知道，原來人類驚訝過度，反而會冷靜下來。」

琳恩露出苦笑走過來。

知道菲特馮的真面目後，我以為她會更加混亂，結果她的反應意外地淡然。
「那個，這件事能幫我保密嗎？妳想想，有很多苦衷嘛。」
「我知道啦。如果白龍的身分曝光，她就會被人盯上嘛。而且除了菲特馮之外，你也會很傷腦筋，對吧？」
說完，琳恩眨了下眼睛並微微一笑。那個表情真是看也看不膩，我可以盯著看一輩子。

10

一腳踹開隱藏在豪宅地下室的房間門後，我衝進房內。
「不准動！我是布萊鐸爾王國騎士團的萊因．薛克！我接獲這裡在飼養法令禁止的白龍的情報。如果肯老實就範，就能從輕量刑！」
我大聲喊出這番對騎士來說相當不知羞恥的開場白，結果無人回應。
雖然感覺得到門後有股氣息，但似乎空無一人。
……總覺得有點丟臉。
「咳咳。」

我拿著已然出鞘的劍，環視室內一周。

雖說是地下室，天花板卻很高。偌大的空間裡連個家具都沒有，相當冷清。牆壁、地板和天花板都被厚實的鐵板封住。這應該是用來對付縮在房間角落的那個東西吧。

在光看就覺得相當牢固的柵欄之中，有一隻怪物蜷縮在內。

雖然身處昏暗的房內，但牠的白色軀體卻像會自主發光似的，非常引人注目。

白龍的一雙紅眼變得銳利，顯露出敵意和尖牙嚇阻我。

「咕嘎啊啊啊啊啊啊！」

這陣駭人的咆嘯聲猛烈地震撼了我的鼓膜。

沒想到牠的魄力這麼驚人，我雖作勢防衛，卻將手裡的劍扔在地上。

白龍的脖子上纏著巨大的鎖鏈，身上傷痕累累。

據說白龍會操縱神聖魔法，但牠的傷勢卻沒有痊癒。

也就是說，這座柵欄是一種魔道具，將牠的魔法封印了。

「未免也太殘忍了。」

這孩子不是想威脅我，只是對人類感到懼怕膽怯。

「喏，我把武器丟掉了。放心吧，已經沒事了。」

我正面直視持續發出低吼的白龍。

我扔下武器後，為了表明自己無意傷害牠，便以雙手大張的姿勢，緩緩地靠近白龍。

接著從白龍的巨軀無法穿過的柵欄空隙中走進去。

我逐步靠近。在這個距離下，只要牠脖子一伸，就能輕而易舉地咬碎我的頭顱。

雖然牠一度張開血盆大口作勢咬我，但我馬上就看出牠是在虛張聲勢。

畢竟我完全感受不到一絲殺意。

見我反應如此，牠似乎有些困惑，閉上嘴好奇地盯著我瞧。

「我剛剛自報名號的時候，你可能已經聽見了，但我還是再向你介紹一次。我的名字是萊因‧薛克。以後請多多指教。」

我一伸出手，白龍就低下頭，讓我撫摸牠的臉頰。

「可以的話，要不要跟我締結誓約？你應該明白這是什麼意思吧？締結誓約的人在龍族身邊時，就可以得到龍族的力量。相對地，我也可以激發出你的龍族潛在力量。」

白龍具有智慧，似乎聽得懂我在說什麼，只見牠聽得相當入神。

「我絕對不會背叛和我締結誓約的對象。從今以後，我們就同甘共苦吧。」

「總而言之，所有事情都順利落幕，真是太好了。」

我們像平常一樣，在公會的酒吧裡開慶功宴。

隨後，我便將這個設定貫徹到底——跟聞聲而來的夥伴們表示「雖然有目擊到白龍，但是被牠逃掉了」，這時菲特馮現身，跟我們順利會合。

如果只有我一個人演戲，或許會起人疑竇，但琳恩也替我一同掩蓋事實。最後總算是獲得了他們的信任。

「多虧老大的占卜，才能順利找到她。」

「準確率也太高了吧，有點恐怖耶。啊，最後占卜費用是怎麼解決的？」

「喔，他讓我先欠著。」

其實我拿了一些菲特馮的頭髮和指甲送給老大，作為占卜的謝禮。光是這些白龍的身體部位就價值連城了。

「賽蕾娜那件事，和真好像也順利解決了。我當初怎麼會對那個女人如此執著啊？」

「沒想到賽蕾娜居然是魔王軍幹部。一想到我們也掉入她的圈套，就覺得毛骨悚然。」

曾被捲入那場騷動的奇斯和泰勒聳了聳肩。

賽蕾娜似乎可以用為對方做人情一事魅惑他人，連對方的感謝之情都能加以利用。

免費替冒險者施展魔法，也是為了博取對方的感激，藉此賣個人情。

所以這兩個呆瓜就徹底被她玩弄於股掌之間。

「好啦，這下就能心無罣礙地好好吃飯了。依照約定，妳就盡情地吃吧。這兩位大哥哥會請客。」

「……求求妳手下留情。」

「嗯，我會加油。」

泰勒和奇斯都一臉慘淡，但我可不管。

一聽到可以吃到飽，菲特馮就用力點點頭。雖然沒什麼表情變化，但她應該很開心。

雖然還沒確定今後該怎麼辦，但現階段她好像不回鄰國，要留在我身邊。

我的想法是，就讓她隨心所欲吧。

……白龍脫逃後，鄰國應該亂成一團了。

菲特馮完全沒察覺到我的心思，將菜單上酒品以外的品項全部點完一輪後，心滿意足地用鼻子哼了一口氣。

泰勒和奇斯正在確認手邊的錢，不過，嗯，請節哀吧。

正當我也準備點杯酒喝時，忽然想起一件令人在意的事。

「對了，妳怎麼會知道我在這裡？」

我悄聲向身邊的菲特馮耳語後，她才恍然大悟。

「我忘記說惹。呃，似公主殿下跟我說尼在這裡的。」

「啥～～？……真的假的！」

我忍不住發出驚叫。

喂喂，她居然知道我在這裡喔。

「嗯。她還說，最近會過來找尼，要尼多多幾教。」

該死，簡直禍不單行嘛！

我今天本來想狂歡一場，但還是稍微克制酒量，研擬一下對策比較好。

那位大人要過來……我心裡只有不祥的預感！

尾聲

有一名少女在王城露臺上眺望著星空。

她讓長度過肩、充滿光澤的茶色秀髮隨夜風飄搖，並舒適地瞇起雙眼。

這個人身上穿的昂貴洋裝，只要是女人無不為之欣羨，但她穿起來卻毫無造作感。她靜靜地走到扶手旁，探出上半身，將手伸向夜空。

彷彿要抓住在天際閃耀的星辰一般。

「公主殿下，萬萬不可在深夜逃跑啊。」

不知何時起，有位身穿燕尾服的年邁男子站在露臺一隅。

他將靄靄白髮往後梳整，並以髮蠟固定，嘴邊的鬍鬚也是同樣的顏色。背脊打得挺直，像幅畫一樣動也不動。

「爺爺，闖入女孩子的閨房感覺不太好耶。」

「恕我失禮。畢竟無論我怎麼斥責，您都聽不進去。請您……先放開那條繩子好嗎？」

「嘖！」

她將幾乎要與夜色融為一體的黑色繩子一放，繩子落地的聲響就傳到露臺上來了。

「今天就算爺爺贏了。感謝我吧。」

「哎呀，您怎麼了，居然會如此爽快地認輸。平常您都會毫不客氣地放出塗滿麻藥的吹箭或攻擊魔法呢。」

「討厭，我哪會做出這麼野蠻的行為呀。哦呵呵呵呵。」

她偷偷將掉在腳邊的吹箭踢下露臺。

想逃離王城的公主和處處阻礙的總管及女僕們上演的攻防戰，是這座王城的經典場面。今天這場交手的畫面也稱不上稀奇。

「這些就暫且不提吧。不過您究竟是怎麼了？看起來非常開心的樣子。」

「哎呀，被你看出來啦？我滿腦子都在想，那孩子現在是不是已經順利見到他了。」

「您說的『那孩子』該不會是……那場騷動果然是公主殿下引起的。賢明的公主殿下，您應該知道那個東西的存在，對我國而言是何等重要吧？」

雖然早有預感，但還是飽受震驚的總管將手抵在額頭上，心神疲憊地搖搖頭。

「爺爺，別擔心，我不會再逃跑了。後天要造訪貝爾澤格王國吧，我很期待這趟旅程。我跟你約好，在那之前我不會做傻事。」

「不只是『在那之前』，要是您能一直老老實實地待著，就算幫爺爺一個大忙了。」

「我會積極努力，妥善處理。」

聽到這句根本毫無感情的話語，總管嘆了一口長氣，行完禮後就離開露臺。

「萊因，馬上就可以見到你了。好期待呀，呵呵。」

留下這句消散在夜風中的低語後，她轉身走回房內。

後記

各位，居然已經第五集了。當初接下《美好世界》番外篇的執筆任務時，我還誠惶誠恐，擔心會不會寫完第一集就被拋下，但居然已經寫到第五集了。

在本集中，達斯特的那個祕密即將水落石出。看到意想不到的劇情發展，應該很多讀者會難掩驚訝之情吧。

……對不起，是我說太多了。過去在故事中留下那麼明顯的提示和資訊，大家應該已經發現了吧。話雖如此，因為我是第一次描寫過去的達斯特，反差實在太大，可能會覺得有點嗯……有點怪，但過去的達斯特真的是這種感覺。

達斯特的過去和設定是基於曉老師提供的資料，而非我的原創。但只有這次的白色幼女是我寫的原創角色。

因為負責撰寫番外篇，所以我盡可能不寫原創角色，而是讓《美好世界》本傳或外傳故事中登場過的角色出場。我一直將這一點銘記在心。

這是我第一次讓原創角色以主角而非跑龍套的身分出場……原來如此，是第一次啊……

（也有雜貨店老闆跟蘿莉盜賊團這些配角就是了）

眾所皆知，《美好世界》裡全是一些超有個人特色的人，所以我也構思出一個不亞於他們、充滿個人魅力的角色。大家覺得如何呢？

雖然無意針對這一點，但不知為何，達斯特身邊越來越多胸前平坦的女孩子。我真的無意針對這一點，但事情怎麼會變成這樣呢？

那我就稍稍提及第五集的劇情吧。在《美好世界》本傳的故事背後，達斯特一行人都做了些什麼——雖然是一如既往的劇情發展，但其實這次的時間線……是跟第十五集同步進行的。

這話是什麼意思呢？下一集之後應該就會揭曉了。敬請期待。

那麼，就照例來向關照過我的各位致上謝辭吧。

曉なつめ老師，謝謝您允許讓新角色登場。話雖如此，由於曉老師很少對這部作品挑毛病……應該說幾乎沒有，所以我還膽戰心驚，反過來要求責編說：「拜託、拜託老師挑點毛病吧。」

三嶋くろね老師，其實賽蕾娜的長相正中我的紅心。她在十五集中有很多被和真害得慘兮兮的插圖……實在太感謝您了！

憂姫はぐれ老師，感謝您這次也提供了這麼多美麗的插圖。您把原創角色那個女孩畫得尤其可愛，我實在太幸福了！小說完稿後能欣賞到您的插圖，執筆的辛勞就煙消雲散了。

スニーカー文庫編集部的各位、M責編，以及經手本作的所有人，真的非常謝謝你們。我認為引人入勝的作品就是對各位最好的回報，所以這次也全力以赴了！

為購買第五集的每位讀者們獻上感謝！

今後也請多多指教。

昼熊

恭喜和真首次
登上插畫版面！
能把他跟達斯特
畫在一起，
我覺得好開心。

憂姫はぐれ

電影也快要上映了，
真是棒呆了！
希望這次的劇場版劇情
能受到大家青睞……
恭喜《笨蛋》第五集上市！

暁 なつめ

恭喜《笨蛋》第五集上市！
はぐれ老師這次描繪的女孩們
也是可愛到爆炸！
超超超感謝您讓我看到活潑可愛的琳恩！

三嶋くろね

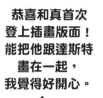

Kadokawa Light Novels

為美好的世界獻上祝福！外傳

找面具惡魔指點迷津！

Kadokawa Fantastic Novels

作者：暁なつめ　插畫：三嶋くろね

「歡迎來到諮詢處，迷惘的女孩啊！
不用客氣，無論任何煩惱都可以對吾吐露。」

低調座落於阿克塞爾的「維茲魔道具店」受到沒用老闆維茲拖累，一直處於經營困難的狀態。於是，本為魔王軍幹部又是地獄公爵，現在則是個打工人員的巴尼爾，打算以「預見未來」為冒險者提供諮詢服務好賺取報酬——巴尼爾與維茲的邂逅也終於揭曉！

NT$230/HK$70

台灣角川

Kadokawa Light Novels

為美好的世界獻上爆焰！ 1~3（完）

Kadokawa Fantastic Novels

作者：暁なつめ　插畫：三嶋くろね

《爆焰》系列完結！
各位同志啊，就與吾一同步上爆裂道吧！

來到新進冒險者的城鎮阿克塞爾的惠惠，立刻開始尋找同伴。然而，卻沒有任何隊伍願意讓只會用爆裂魔法的她加入；而另一方面，自稱惠惠的競爭對手的芸芸也是一樣，每天都是獨自一人孤零零的——惠惠&芸芸粉絲期盼已久的第三集!!

台灣角川

各 **NT$200~210/HK$60~65**

為美好的世界獻上祝福！ 1~16 待續

Kadokawa Fantastic Novels

作者：暁なつめ　插畫：三嶋くろね

以外掛般的強化方式，找回出走的水之女神吧！

在賽蕾娜引發的騷動後，阿克婭留下一封信離家出走了，而變成等級1的和真也無法去追她。惠惠她們體恤和真，邀他去狩獵巨型蟾蜍，這讓他靈機一動，想到沒人想像過的強化方式！「看家的階段就此結束！咱們去追那個蠢貨！」和真要得到外掛了——!?

各 **NT$180~220/HK$60~73**

戰鬥員派遣中！ 1~3 待續

Kadokawa Fantastic Novels

作者：暁なつめ　插畫：カカオ・ランタン

當愚蠢與正經交會之時，
傳奇的篇章即將展——什麼，第三集了！

如月本部下達了建造基地的指令，於是六號一行人被建設工程追著跑，但他的惡行點數卻被降到負值。為了得到建設工程中必要的物資，他們竟然每晚入侵公主的閨房！另一方面，格琳認真地進行不死怪物祭典的前置作業，卻沒發現魔王軍將準備再次來襲——

各 **NT$200~250/HK$67~83**

國家圖書館出版品預行編目資料

為美好的世界獻上祝福 !EXTRA 讓笨蛋登上舞台吧 !. 5, 與白龍締結盟約 / 暁なつめ原作 ; 昼熊作 ; 林孟潔譯 . -- 初版 . -- 臺北市 : 臺灣角川 , 2020.08-
面 ;　公分 . -- (Kadokawa fantastic novels)
譯自 : この素晴らしい世界に祝福を ! エクストラ あの愚か者にも脚光を !. 5, 白き竜との盟約
ISBN 978-957-743-931-4(平裝)

861.57　　109008353

Kadokawa Fantastic Novels

為美好的世界獻上祝福！EXTRA
讓笨蛋登上舞台吧！5
與白龍締結盟約

（原著名：この素晴らしい世界に祝福を！エクストラ あの愚か者にも脚光を！5 白き竜との盟約）

2020年8月5日 初版第1刷發行

作者：昼熊
插畫：憂姫はぐれ
原作：暁なつめ
角色原案：三嶋くろね
譯者：林孟潔

發行人：岩崎剛人
總編輯：蔡佩芬
編輯：高韻涵
美術設計：李思穎
印務：李明修（主任）、張加恩（主任）、張凱棋

發行所：台灣角川股份有限公司
地址：105台北市光復北路11巷44號5樓
電話：（02）2747-2433
傳真：（02）2747-2558
網址：http://www.kadokawa.com.tw
劃撥帳戶：台灣角川股份有限公司
劃撥帳號：19487412
法律顧問：有澤法律事務所
製版：尚騰印刷事業有限公司
ISBN：978-957-743-931-4